Alexander Pfeiffer

Im Bauch der Stadt

Roman

SOCIETÄTSVERLAG

»Es wird Tag. Mit dem kalten Wind
flattern die Krähen in den Bauch der Stadt.«

(Jörg Fauser, Alles wird gut)

Schutzumschlaggestaltung: Marco Stamm, Societäts-Verlag
Satz: Marco Stamm, Societäts-Verlag
Herstellung: Bercker Graphischer Betrieb, Kevelaer
Printed in Germany 2005
ISBN 3-7973-0931-7

1

Wiesbaden, im Jahre 2000

Manche Nächte enden nie. Die beiden Zeiger meiner Armbanduhr trafen sich bei der Zwölf und schienen für immer dort bleiben zu wollen. Der Montag begann, wie der Sonntag geendet hatte. Zäh.

Mein Umsatz hatte sich schon vor Stunden der Zeit angepaßt. Anstatt stetig zu fließen, tröpfelte er nur. Ich drückte meine Zigarette im Aschenbecher aus und zündete mir eine neue an. Das Aufflammen des Feuerzeugs machte die schwarze Leere um mich herum erst richtig spürbar.

Ich griff in die Seitenablage der Fahrertür, nahm das mitgebrachte Buch heraus, schlug vorne auf und begann zu lesen: »So hat das angefangen. Ich hatte niemals was gesagt. Nie.«

Kein anderes Buch, das schon in den ersten drei kurzen Sätzen so sehr den ganzen Trotz der folgenden 500 Seiten widerhallen lassen könnte. Kein anderes Buch, mit dem sich besser eine Nachtschicht teilen ließe: Louis-Ferdinand Céline, »Reise ans Ende der Nacht«.

Die Stimme aus dem Funkgerät riß mich in die Wirklichkeit zurück.

»368!«

Ich meldete mich.

»Zur Westendstube, 368!«

Die Westendstube, ausgerechnet. Ein mieses Loch für Flaschenbiertrinker, praktisch direkt gegenüber meiner Wohnung. Ich legte das Buch weg und fuhr los.

Das alte Kopfsteinpflaster der Westendstraßen ließ den Wagen holpern. Gegenüber der Westendstube klaffte eine Baulücke in der Häuserreihe. Direkt daneben stand das Haus, in dem ich wohnte. Und neben diesem ein Haus, in dem seit einiger Zeit niemand mehr wohnte. Entmietet. Vor der Baulücke ragte ein großes Schild an zwei Holzpfosten unheilvoll in die Nacht: *Stadtteilsanierung »Westend«. Hier entstehen neue Wohn- und Gewerbeflächen. Bauausführende Firma: Heilmann. Finanziert aus Sanierungsfördermitteln des Landes Hessen. Ihr Tiefbauamt.*

Noch wurde hier nicht gebaut. Dazu mußten zuerst noch ein paar Häuser fallen. Zum Beispiel das, in dem ich wohnte. Der ganze Block sollte komplett neu gebaut werden. Moderne Citywohnungen mit Zentralheizung und Doppelglasfenstern. Die Anbindung des maroden Westends an die mondäne Innenstadt. Ein Traum der Stadtväter, dessen Verwirklichung noch auf sich warten ließ.

»Hey Chef, wir wollen noch einen drauf machen«, plärrte der erste der drei Schnauzbartträger, die aus der Westendstube gefallen kamen.

»Wo is'n jetzt noch was los?« wollte der zweite wissen, und der dritte gab die Richtung ihrer Gelüste vor: »Auf zu den Weibern!«

Ich musterte sie wortlos. Karohemden, verwaschene Jeans, Lederwesten und ein Alkoholpegel knapp über der »Bloß keine Diskussion«-Grenze.

»Ey Chef, sach doch ma', wo können wir denn jetzt schnell noch einen wegstecken?« setzte der Mann im Beifahrersitz nach.

»Aber mach's nicht so teuer!« kam es von der Rückbank.

»Also, am billigsten ist es im Conny's, draußen in Kastel.«

»Was? Bis nach Kastel wolln wir doch nich!«

»Na, wenn's in Wiesbaden bleiben soll, dann gibt's nur das Crazy Sexy.«

»Was kostet denn da 'ne Nummer?«

Ich haßte diese Gespräche. Alles wollten die Leute von einem wissen. Wo man die hübschesten Frauen aufreißen konnte. Was ein Wodka Lemon im Park Café kostete. Wo dieses kleine Seitensträßchen war, dessen Name sie leider auch nicht mehr wußten. Die Preise für einen Blowjob auf dem Straßenstrich, die aktuellen Ereignisse aus der Lokalpolitik, die Fußballergebnisse und das Wetter von morgen. Und wenn man mal um eine Antwort verlegen war, musterten sie einen, als hätte man in seinem Job versagt. Dabei bestand der doch nur darin, sie in der Gegend herumzufahren.

»Ich kann euch hinfahren«, seufzte ich. »Um alles weitere müßt ihr euch selbst kümmern.«

»Na, dann fahr mal los, Chef.«

Die drei Helden der Arbeit schnippten ihre Zigarettenasche auf die Sitze und hinterließen ihren Schnapsgestank im Wagen. Nachdem ich sie auf dem Parkplatz hinter dem Crazy Sexy abgesetzt hatte, wischte ich fluchend die Sitze ab und ließ die Fenster runter. Dann zählte ich die Scheine in meinem Portemonnaie. Ein Tick von mir. Vor der Fahrt waren es 110 Mark gewesen. Mit dem Zwanziger, den ich von dem einen Helden der Arbeit bekommen hatte, mußten es nun also 130 sein. Ich zählte nach. Es waren 130 Mark in Scheinen. Was wahrscheinlich bedeutete, daß ich mir das Nachzählen hätte schenken können. Wie gesagt, ein Tick.

Die Münzen zählte ich nicht nach. Mache ich nie. Ich bin schließlich kein verdammter Erbsenzähler.

Ich setzte rückwärts aus dem Hof des Crazy Sexy, wendete und fuhr die leblose Mainzer Straße in Richtung Bahnhof. Hier gab es außer dem Puff nur Autohäuser, Werkstätten, Einrichtungshäuser, Baumärkte und HiFi-Lager, die um diese Uhrzeit geschlossen waren. Nach ein paar Metern sah ich auf dem Bürgersteig eine schwankende Rothaarige in einem glitzernden Kleid. Hatte ganz schön getankt, wie es schien.

Als ich sie überholt hatte, sah ich im Rückspiegel, daß ihr Gesicht blutverschmiert war. Sie schien Probleme zu haben, sich auf den Beinen zu halten. Ich hielt an und wartete, bis sie auf gleicher Höhe mit mir war. Sie stolperte auf ihren hochhackigen Schuhen weiter, ohne mich eines Blickes zu würdigen. Sie schaffte noch etwa drei Schritte, dann fiel sie hin und blieb quer über den Bürgersteig gestreckt liegen.

Ich sprang aus dem Wagen und kniete mich zu ihr hinunter.

»Was ist denn passiert? Soll ich einen Krankenwagen rufen?«

Keine Antwort. Ich faßte sie vorsichtig an und drehte sie auf den Rücken. Irgend jemand schien sie verprügelt zu haben. Das Gesicht war geschwollen, sie blutete aus der Nase. Ich schob ihr eine Hand in den Nacken und richtete ihren Oberkörper auf. Sie öffnete die Augen und sah mich an.

»Bring mich weg von hier.«

»Wohin denn?«

»Bloß weg. Schnell.«

Ich zögerte.

Sie packte meinen Arm und grub ihre Fingernägel hinein. »Bitte. Ich gebe dir Geld.« Sie griff nach ihrer Handtasche und hielt sie mir hin. »Da sind ein paar Hunderter drin. Nimm sie dir raus.«

Ich schob ihre Hand weg. »Sie brauchen mir bloß die Fahrt zu bezahlen.«

Ich stellte sie auf die Beine und half ihr ins Taxi. Drückte die Uhr an und fuhr los.

»Danke«, murmelte sie, den Kopf im Nacken und die Hände im Schoß.

»Kein Problem«, sagte ich. »Sie müßten mir nur sagen, wo Sie hin wollen.«

Sie schüttelte den Kopf. »Fahr einfach.«

»Soll ich Sie in ein Krankenhaus bringen?«

Wieder schüttelte sie den Kopf.

»Zur Polizei?«

Sie zuckte zusammen. »Was willst du denn bei der Polizei?«

»Ich? Gar nichts. Ich dachte, Sie wollten vielleicht denjenigen anzeigen, der Sie so zugerichtet hat.«

Sie schien sich das durch den Kopf gehen zu lassen. »Kennst du das Quatre Saisons?« fragte sie schließlich.

Klar kannte ich das.

»Dann fahr mich da hin.«

In der Burgstraße angekommen, schaute sie sich mißtrauisch nach allen Seiten um.

»Das macht 13 Mark zwanzig«, sagte ich.

Sie schaute mich an. »Würdest du vielleicht einen Moment mit rein kommen?«

»Ich hab zu tun. Ich muß arbeiten.«

Sie griff in ihre Handtasche. »Hier. Ich gebe dir fünfzig Mark. Reicht das?«

»Okay«, sagte ich. »Dann müssen wir nur noch 'nen Parkplatz finden.«

Ich mochte solche Geschichten nicht. Normalerweise ließ ich mich von niemandem zu irgendwas einladen. Es gab viele, die es versuchten, aber ich sagte immer nein. Mein Job bestand im Fahren, nicht darin, mir die Geschichten der Fahrgäste anzuhören oder mit ihnen zu trinken. Käufliche Gesellschaft gibt es woanders. Aber hier schien es mir angebracht, eine Ausnahme zu machen. Die Frau konnte Hilfe gebrauchen, und ich wollte nicht derjenige sein, der sie ihr verwehrte.

Wir bestellten zwei Kaffee, ich steckte mir eine Zigarette an und sie ging auf die Toilette, um sich um ihr Gesicht zu kümmern. Als sie wieder kam, stand der Kaffee dampfend auf dem Tisch und sie sah aus wie eine leicht lädierte Rita Hayworth in einem Hollywoodschinken der vierziger Jahre. Sie hatte sich das Blut abgewaschen, ihre Frisur gerichtet, die Blessuren in ihrem Gesicht, die zu blauen Flecken wurden, mit Schminke abgedeckt und Lippenstift aufgetragen. Ihr weißes, mit Strass besetztes Kleid mit den dünnen Trägern glitzerte in der spärlichen Kneipenbeleuchtung und sie hielt sich so aufrecht auf ihren hohen Absätzen, als wäre ihr nie ein Haar gekrümmt worden. Ihr Bild wurde von den verspiegelten Wänden in jeden Winkel der kleinen Kellerbar projiziert. Ich schaute mich um, ob die anderen Gäste zu uns hersahen, aber sie schienen alle mit sich selbst beschäftigt zu sein.

Sie glitt mit einer lautlosen Eleganz in die Nische unseres Tisches und lächelte mich an. »Vielen Dank, daß du mitgekommen bist.«

Wir tranken unseren Kaffee. Sie schaute sich immer wieder nervös um.

»Wirst du verfolgt?«

»Ich glaube nicht. Aber er kennt überall Leute.«

»Wer?«

»Blacky.«

»Blacky?«

»Ja, mein ... mein Zuhälter.«

Es traf mich etwas unvorbereitet. Ich hatte schon genug Nutten im Taxi gehabt, das machte mir nichts aus. Die machen ihren Job wahrscheinlich unter nicht weniger Selbstverleugnung als ich den meinen. Trotzdem fand ich, daß sie nach was anderem aussah. Sie hatte Stil.

»Du arbeitest im Crazy Sexy?«

»Was dachtest du denn? Daß ich ganz zufällig nachts um die Uhrzeit in der Gegend da unterwegs bin, mit einem Gesicht wie ein Punchingball?«

»Keine Ahnung.«

Sie betastete ihr Gesicht. »Das Arschloch hat ganz schön zugeschlagen.«

»Dein Zuhälter?«

Sie nickte.

»Was ist denn passiert?«

»Ich hab ihm gesagt, ich würde gehen.«

»Und was hat er gesagt?«

»Daß er mich nicht läßt.«

»Aber du bist doch nicht sein Eigentum.«

Sie lachte. »Du kennst Blacky nicht. Ich hatte noch Glück. Der war noch längst nicht fertig mit mir. Mußte nur mal schnell was mit einem Kunden klären und hat mich so lange in seinem Büro eingeschlossen.« Wieder lachte sie. »Der Trottel. Dabei weiß ich doch ganz genau, wo er seine Ersatzschlüssel aufbewahrt.« Ängstlich sah sie sich um. »Der ist bestimmt jetzt schon auf der Suche nach mir.«

»Wieso das denn?«

»Was weiß ich. Der Kerl ist einfach wahnsinnig. Er behandelt seine Mädchen tatsächlich, als wären sie sein Eigentum.«

»Man müßte die Polizei einschalten«, sagte ich.

»Nein. Das bringt nichts. Dadurch würde es nur noch schlimmer für die Mädchen. Außerdem könnten die meisten von denen gar keinen anderen Job finden. Sie sind auf ihn angewiesen. Ein paar sind sogar illegal hier. Und die sind tatsächlich mehr oder weniger sein Eigentum. Für die hat er nämlich bezahlt. Um genau zu sein, hat er auch für mich bezahlt.«

Ich stutzte. Ihr Deutsch war perfekt, perfekter als meins. Bei der Frage ihrer Herkunft hätte ich auf Hannover oder vielleicht noch etwas weiter nördlich getippt.

»Ich komme aus Hamburg«, sagte sie. »Vor drei Jahren hat mich Blacky nach Wiesbaden geholt, ins Crazy Sexy. Er mußte meiner Chefin in Hamburg eine Ablösesumme bezahlen, damit sie mich gehen ließ.«

»Und warum wolltest du zu diesem Blacky?«

Sie zuckte mit den Schultern. »Er hat mir ein gutes Angebot gemacht.«

»Ein Angebot?«

»Ja, ich verdiene gut bei ihm. Außerdem hat er mir eine Wohnung besorgt.«

»Warum willst du dann von ihm weg?«

»Weil er ein Arschloch ist. Ich will mich selbständig machen.«

Wir tranken unseren Kaffee. Ich schaute auf die Uhr. Es wurde Zeit, daß ich wieder aufs Taxi kam.

»Was hast du denn jetzt vor?« fragte ich.

»Ich weiß es nicht. Nach Hause kann ich nicht. Da hat er bestimmt schon jemanden hingeschickt, der mir auflauert. Und hier sollte ich mich auch nicht mehr lange aufhalten. Wahrscheinlich läßt Blacky überall nach mir fragen. Und er kennt eine Menge Leute. Barbesitzer, Kneipenwirte, Dealer und so weiter, von denen einige ihm noch einen Gefallen schulden. Vielleicht hat mich schon einer seiner Informanten gesehen und hängt bereits am Telefon.«

»Hast du keine Freunde, die dich verstecken können?«

Sie schüttelte den Kopf.

»Tja«, ich seufzte. »Dann weiß ich auch nicht weiter. Du willst nicht zur Polizei, nicht ins Krankenhaus, in keine Kneipe, du hast niemanden, bei dem du unterschlüpfen kannst ...«

Sie setzte ihre Kaffeetasse ab und schaute mir direkt in die Augen. Ihre waren grün. Grün und leuchtend.

»... und zu mir kann ich dich unmöglich mitnehmen.«

»Ist deine Frau so eifersüchtig?«

»Ich hab keine Frau.«

»Wo ist dann das Problem?«

»Das Problem ist, ... also, weißt du, es ist einfach nie irgend jemand in meiner Wohnung. Ich meine, außer mir selbst.«

Sie lachte. »Und was hast du zu verstecken? 'Ne Leiche im Keller? Oder ein ungemachtes Bett?«

»Nein, das Bett ist gemacht.«

Ich merkte, wie mir das Blut in den Kopf schoß, kaum daß ich den Satz beendet hatte.

»Na, lass gut sein«, sagte sie. »Vielen Dank jedenfalls, daß du mir geholfen hast.«

Sie stand auf.

»Nein«, sagte ich schnell. »Doch. Also, ich meine, ... du kannst mit zu mir kommen.«

2

Ich machte das Licht in dem kleinen Flur an und schob ein paar Schuhe mit dem Fuß zur Seite. Dann ging ich voran ins Wohnzimmer.

»Was willst du«, sagte sie, »die Wohnung ist doch okay.«

Ich griff hastig nach einer Unterhose, die neben dem Telefon lag und knüllte sie in der Hand zusammen. Sie ließ sich auf meiner Couch nieder und zog ihre Schuhe aus, während ich nach nebenan ins Schlafzimmer ging und mich nervös umschaute. Nachdem ich den Berg dreckiger Wäsche in der Ecke des Zimmers etwas zusammengeschoben und die Unterhose dazugeworfen hatte, ging ich wieder nach nebenan.

»Ganz schön viele Bücher hast du.« Sie zeigte auf das Regal, das die halbe Wand ihr gegenüber einnahm.

Ich nickte.

»Und nebenan ist dein Schlafzimmer?«

»Ja, und auf der anderen Seite ist die Küche. Sind wir grade dran vorbeigekommen. Geht direkt vom Flur ab.«

»Und wo ist das Bad?«

»Ich hab 'ne Dusche in der Küche. Und das Klo ist draußen im Treppenhaus.«

Sie knetete ihre Füße und nickte langsam. Ich hatte das Gefühl, mich rechtfertigen zu müssen. »Ich brauche keine große Wohnung. Solange ich ein Dach überm Kopf und was zu essen im Kühlschrank hab, bin ich zufrieden.«

»Wenn nur mehr Leute so denken würden«, sagte sie.

Darauf fiel mir keine Antwort ein.

»Kann ich mich denn irgendwo waschen«, fragte sie.

»Klar, drüben in der Küche.«

»Ich bin ziemlich k.o. Wenn du nichts dagegen hast, würde ich mich dann gern hinlegen. Vielleicht einfach hier auf die Couch.«

»Nein. Du kannst nebenan das Bett haben. Ich nehme die Couch.«

»Das ist nicht nötig. Die Couch ist vollkommen in Ordnung für mich.«

»Nein«, beharrte ich.

Für gewöhnlich hatte ich einen unruhigen Schlaf und stand oft nachts auf, um aufs Klo zu gehen, eine Zigarette zu rauchen, oder mir in der Küche ein Bier aus dem Kühlschrank zu holen. Wenn sie im Mittelzimmer schlafen würde, müßte ich jedesmal an ihr vorbei – in meiner Unterwäsche.

»Du kriegst das Bett. In deinem Zustand kann ich dich nicht auf der harten Couch schlafen lassen. Sonst geht es dir morgen noch schlechter als jetzt.«

»So schlecht geht's mir gar nicht. Mehr als ein paar blaue Flecken kann mir dieses Arschloch nicht zufügen. Selbst wenn er's gern möchte.«

Nachdem sie sich in der Küche die Schminke aus dem Gesicht gewaschen und ihre Hollywoodfrisur mit meinem Kamm ausgebürstet hatte, sah sie in ihrem Glitzerkleid aus wie ein müder Engel. Ich zeigte ihr das Bett, das im Schlafzimmer auf der anderen Seite der Wand stand, an die ich im Wohnzimmer die Couch gerückt hatte.

»Ich hoffe, du fühlst dich durch meine Anwesenheit nicht zu sehr gestört«, sagte sie.

»Überhaupt nicht«, beeilte ich mich zu sagen.

Sie lächelte. »Ich werde bestimmt gut schlafen. Ich bin wirklich total erledigt.«

»Tja dann, gute Nacht.« Ich wollte nach nebenan gehen.

»Dir auch eine gute Nacht, ... Mensch, wie heißt du eigentlich?«

»Matthias Groß.«

»Matthias?«

»Ja.«

Sie lachte. »Und ich bin Martina.« Sie streckte mir die Hand hin. »Martina Röttger.«

Ich griff nach der Hand. Sie fühlte sich gut an. Irgendwie schlank und elegant.

»Dann gute Nacht, Matthias.«

Schlaflose Nächte kannte ich zur Genüge. Sie gehörten zu meinem Beruf. Wenn man in der Zeit sein Geld verdient, zu der die Menschen, die tagsüber ihr Geld verdienen, schlafen, ist es auch an den freien Tagen der Woche unmöglich, in den Rhythmus der Tagmenschen zu finden. Mein Leben begann um drei Uhr Nachmittags und endete um acht Uhr morgens. Vorher war an Schlaf nicht zu denken.

Die Leuchtzeiger meiner Armbanduhr sagten mir, es sei drei Uhr nachts. Durch die Wand hindurch spürte ich die Anwesenheit der rothaarigen Frau, die in meinem Bett schlief. Sie kroch mir in die Knochen wie eine Ameisenarmee. Ich drehte mich auf der schmalen Couch hin und her und versuchte eine Stellung zu finden, die beruhigend, vielleicht sogar einschläfernd wirken würde.

Irgendwann gab ich es auf, verwarf auch den Gedanken an ein paar Dosen Bier aus dem Kühlschrank, stand auf und zog mich wieder an. Ich hielt den Atem an und legte mein Ohr an die Wand. Ich konnte hören, daß sie tief und gleichmäßig atmete. Mit dem Autoschlüssel in der Hand verließ ich die Wohnung.

Ich fuhr Richtung Innenstadt und legte die einzige Cassette ein, die ich immer im Taxi liegen hatte. Beethovens Fünfte. Eine Aufnahme der Berliner Philharmoniker von 1963. Ich hatte sie vor Jahren bei Hertie auf dem Wühltisch gekauft und überspielte sie immer wieder auf Leercassetten, um das Originalband nicht abzunutzen.

Dieses Stück war die einzige Musik, die mir etwas bedeutete. Ich hatte mir nie viel aus Musik gemacht. Im Taxi hatte ich das Radio laufen, um die Fahrgäste trinkgeldfreudig zu stimmen – die Betrunkenen hören gern Musik – und sie davon abzuhalten, sich mit mir unterhalten zu wollen. Irgendwann erwischte ich mal einen Klassikkanal und dort lief Beethovens Fünfte. Das Stück klang vertraut, aber erst nachdem es zuende war und der Moderator den Komponisten nannte, wußte ich wirklich Bescheid. Einige Zeit später fand ich die Cassette auf dem Wühltisch für läppische fünf Mark und nahm sie mit. Seitdem begleitete mich diese Musik und half mir, über den Dingen zu stehen. Ich schätze, sie schmückte die Nichtigkeit meines Tuns mit etwas Größe aus. Wenn ich sie sehr laut hörte und dabei durch die dunkle Stadt fuhr, schienen sich meine Gedanken von ganz alleine zu ordnen und ich fühlte mich als Teil eines größeren Ganzen. Vielleicht des Universums. Vielleicht aber auch nur eines Walfischs, in dessen Bauch ich herumfuhr.

Am Halteplatz Kranzplatz traf ich Art, die 429. Art war ein gutaussehender Kerl, dunkles Haar, dunkle Augen und Gesichtszüge wie in Marmor gemeißelt. Ein bißchen wie der junge Elvis Presley. Er hatte Schlag bei den Frauen. Die weiblichen Fahrgäste flirteten ihn beschwipst an und angeblich war er schon bei einigen von ihnen zum Zug gekommen, direkt im Taxi. Mir war so was nur einmal passiert, und die Frau war so betrunken gewesen, daß es ihr wahrscheinlich egal war, wie der Kerl aussah, der es ihr besorgte, solange es nur einer tat.

Art kam aber auch mit Männern gut klar. Er schien jeden zu kennen, der zum Nachtleben der Stadt zählte, und er konnte alles besorgen, wonach den Leuten der Sinn stand: Koks, Hasch, Ecstasy und wahrscheinlich noch einiges mehr. Sein Taxi war eine Art Büro für seine diversen Nebengeschäfte.

Ich stieg aus und setzte mich zu ihm in den Wagen.

»Hey Matthias.« Er strich mit den Fingern durch seine imposante Haartolle und drehte die Radaumusik etwas leiser, die er immer laufen hatte. Blasinstrumente, die klangen, als hätten sie den Verstand verloren. »Wie läuft's?«

»Geht so. Ich hab lange Pause gemacht. Hab erst hundert Mark auf der Uhr.«

»Was? Da mußte aber ziemlich lange Pause gemacht haben.«

»Ja, mir kam was dazwischen.«

»Dazwischen?«

»Ich hab vorm Crazy Sexy 'ne Nutte aufgelesen, die war ziemlich übel zugerichtet.«

»Was haste mit ihr gemacht?«

»Ich hab sie zu mir nachhause gebracht.«

Er stieß einen Pfiff aus. »Weidmannsheil!«

»Was hätte ich denn tun sollen? Ihr Zuhälter verfolgt sie und sie kann nirgends hin.«

Er klopfte mir auf den Schenkel. »Hey, ist doch in Ordnung, Mann. Hat sie sich denn erkenntlich gezeigt?«

»Quatsch. Ich wollte ihr wirklich bloß helfen.«

»Du?«

»Wieso denn nicht?«

»Erinnerst du dich noch, wie genau hier am Halteplatz der Besoffene in die Schaufensterscheibe gefallen ist und geblutet hat wie ein Ferkel auf der Schlachtbank? Alle sind sofort aus den Autos gesprungen, um ihm zu helfen. Der einzige, der sitzengeblieben ist, war Matthias Groß.«

»Na und? Das war doch ganz was anderes. Wenn jemand sich volllaufen läßt und dann ins eigene Verderben rennt, ist das doch voll und ganz sein Problem. So jemand hat von mir keine Hilfe zu erwarten. Hab ich denen den Alkohol eingetrichtert? Nein, Betrunkene sind für das, was mit ihnen passiert, selbst verantwortlich. Aber bei Martina liegt der Fall ganz anders.«

»Martina?« Er machte große Augen.

»Ja, ihr Zuhälter hat sie verprügelt, weil sie ihn verlassen und sich selbständig machen will. Und jetzt hat sie Angst, daß er ihr auflauert.«

»Und wo ist Martina jetzt?«

»Na, bei mir zuhause. Sie schläft.«

»Und was machst du, wenn sie ausgeschlafen hat?«

Ich zuckte die Achseln.

Art lachte. »Matthias, der Wohltäter am weiblichen Geschlecht! Sieht sie denn gut aus?«

Ich nickte.

»Na ja, muß sie ja wohl, was?«

»Wie meinst du das?«

»Nur so. Vielleicht zahlt sich deine Hilfsbereitschaft ja noch aus.«

Ich schüttelte den Kopf. »Auch wenn du's nicht glaubst – darum geht es mir überhaupt nicht.«

Er klopfte mir wieder auf den Schenkel. »Vielleicht gefällst du ihr ja auch.«

Bevor ich darauf etwas erwidern konnte, bekam Art einen Auftrag über Funk und ich mußte aussteigen und zu meinem Wagen zurückgehen. Ich nahm Art sein Gerede nicht übel. Für ihn schien das ganze Leben so eine Art Spielcasino zu sein, wo jeder mitnahm, was er kriegen konnte, und man die Verluste lächelnd in Kauf nahm.

Sein richtiger Name war Arthur. Arthur Pfeilschifter. Mit so einem Namen, sollte man meinen, hatte man von Geburt an immer schon eine Nasenlänge Vorsprung vor den anderen. Im Taxi wirkte Art wie eine Majestät im Exil. Wenn er gewollt hätte, hätte ihm die Welt offen gestanden. Aber anscheinend wollte er einfach nicht.

Nachdem ich mich verstohlen im Seitenspiegel betrachtet hatte, hielt ich es jedenfalls für ziemlich unwahrscheinlich, daß ich Martina gefallen könnte. Es sei denn, sie hatte eine Schwäche für Männer mit Bart und Bauchansatz. Auch das hielt ich für ziemlich unwahrscheinlich.

Den Bart hatte ich mir wachsen lassen, nachdem meine letzte Beziehung in die Brüche gegangen war. Wobei mir immer noch nicht ganz klar war, ob es überhaupt eine Beziehung gewesen war. Jedenfalls war das drei Jahre her und seitdem hatte keine Frau mehr Interesse an mir bekundet.

Für mich, genauso wie wahrscheinlich für die anderen Fahrer, war die Nacht eine eigene Dimension, sie war das Reich, in dem wir uns auskannten und zurecht fanden wie Schlafwandler. Tagsüber mochte die Stadt den Büromenschen, den Einkäufern und Ordnungskräften gehören, nachts gehörte sie uns. Alle nebensächlichen Wahrnehmungen wurden vom Dunkel geschluckt, Häuser, Straßenschilder und Markierungen und die wenigen anderen Autos, die noch unterwegs waren, verschwanden aus dem Blick. Sie hatten keinerlei Bedeutung, es war, als ob das Taxi der Straße von selbst folgte. Die Scheinwerfer schnitten einen Tunnel, die Welt rechts und links davon existierte nicht. Hin und wieder einen Blick in den Rückspiegel, um das Spiel der Lichter und Umrisse von Fahrzeugen und Ampeln im Auge zu behalten, mehr war nicht nötig. Der Körper blieb entspannt, unbeteiligt. Nach einiger Zeit des Fahrens wurde er zu einem Teil des Wagens, der sein Ziel wie ferngesteuert, die Sinne nicht mehr erfordernd, von selbst fand. Die Gedanken, sich selbst überlassen, flossen synchron zum Rhythmus des gleichmäßigen Surrens des 220er Mercedes.

Gegen vier Uhr hatte ich in diesen Zustand zurückgefunden, hatte sogar fast vergessen, daß zuhause in meinem Bett eine fremde Frau schlief, und machte mich daran, den entgangenen Umsatz aufzuholen. Ich schummelte, meldete mich für Funkaufträge, die mir nicht zustanden und lud Fahrgäste, die auf Taxis der Konkurrenz warteten. Ich hatte zwei, drei passable Läufe, Touren mit direktem Anschluß, aber sie blieben alle im Bereich der Innenstadt. Es reichte nicht und ich wollte auf keinen Fall mit weniger als zweihundert Mark Umsatz abstellen.

Um sechs Uhr war klar, daß ich es nicht mehr schaffen würde. Jürgen, unser Zentralist, rief mich über Funk.

»368, zur Zentrale! Dein Tagfahrer steht hier und wartet aufs Auto.«

Die Zentrale lag hinter dem Hauptbahnhof, ein kleiner Flachbau, vor dem etliche Taxis parkten. Ich übergab den Wagen an den Tagfahrer, einen Schwachkopf, der mich nicht leiden konnte. Ich hatte nichts gegen ihn. Besonders gut leiden konnte ich ihn allerdings auch nicht. Seltsamerweise kannte ich nicht einen Nachtfahrer, der den Tagfahrer seines Wagens mochte. Ob die Eifersucht dahintersteckte, das Auto mit einem anderen Mann teilen zu müssen?

Meine müden Augen tränten im kalten Wind des frühen Morgens, als ich zu meinem grauen Mitsubishi ging, der auf dem Parkplatz vor der Zentrale stand. Ich stieg ein und fuhr los. Obwohl es kalt war, ließ ich das Fenster herunter. Mein überreiztes Hirn brauchte Sauerstoff. Der Bahnhofsvorplatz war bevölkert von Tagmenschen auf dem Weg zur Arbeit, zur Schule, zur Kaserne, zur Universität. Ich stand an der Ampelkreuzung, schnappte einzelne Fetzen ihrer Gespräche auf und wunderte mich über die Ernsthaftigkeit, mit der sie ihre Anliegen vertraten. Lauter kleine Nichtigkeiten, die ihr Tagleben auszumachen schienen. Mir waren sie alle fremd.

Mich verband schon seit Jahren nichts mehr mit der Welt der Tagmenschen. Sie erschien mir grausam und verlogen. Erst wenn all die Tagmenschen zu Bett gegangen waren und das Licht gelöscht hatten, mit dem sie ihr geschäftiges Treiben beleuchteten, konnte ich wirklich frei atmen. In der Dunkelheit glaubte ich, den abziehenden Gestank ihrer täglichen Verrichtungen und das Auffrischen nach diesem Gestank riechen zu können. Ich liebte diesen Geruch. Er hatte die kalte Schärfe eines Messers, das durch die Leinwände der Trugbilder dieser Welt schnitt.

Jetzt kamen die Tagmenschen aus ihren Löchern, um ihre Welt wieder in Besitz zu nehmen und für mich wurde es Zeit, nach Hause zu kommen.

3

Ein Pfeifen. Vielleicht jemand draußen im Hof. Vielleicht aber auch nur ein Traum. Kein Grund, die Augen zu öffnen. Aber kannte ich nicht die Melodie? Und was waren das für Gerüche, die die Wohnung erfüllten? Kaffee?

Ich machte die Augen auf und griff nach meiner Armbanduhr. Viertel nach zwölf. Zu früh. Ich machte die Augen wieder zu und drehte mich auf die andere Seite. Und fiel von der schmalen Couch.

Das Pfeifen brach ab und dann stand sie in der Tür. »Was ist denn passiert?«

Sie schaute auf mich hinunter. Ich blinzelte zu ihr hoch. Sie trug das Glitzerkleid und schien unter der Dusche gewesen zu sein. Die roten Haare hingen ihr in feuchten Strähnen über die Schultern.

»Guten Morgen«, brummte ich.

Sie lachte. »Hattest du einen Alptraum?«

»Nee, ich wollte mich nur auf die andere Seite drehen, um noch 'ne Runde zu schlafen.«

»Ich hab das Frühstück fast fertig.«

Ich sah wieder auf die Uhr. »Frühstück? Jetzt?«

»Du meinst, dafür ist es schon zu spät?«

»Eher zu früh.«

»Tut mir leid. Ich wußte nicht, wann du aufstehst.«

»Ist schon okay. Jetzt bin ich ja wach.«

Ich versuchte mich irgendwie in die Decke zu wickeln. Zwar waren die wichtigsten Partien meines Körpers von T-Shirt und Unterhose bedeckt, aber ich fühlte mich trotzdem nackt, wie sie da so in ihrem Abendkleid vor mir stand. Ich hatte Glück und sie ging in die Küche zurück. Das gab mir Gelegenheit, in meine Hose zu steigen und ein paar Strümpfe anzuziehen.

In der Küche überkam mich ein leichtes Kribbeln. Auf dem Herd brutzelten ein paar Spiegeleier, sie hatte den Tisch gedeckt, Kaffee gekocht, Brot, Butter, Wurst, Marmelade und Käse aus dem Kühlschrank bereitgestellt. Sie mußte in sämtlichen Schubladen und Schrankfächern gekramt haben. Nicht, daß sie dort irgendwas Kompromittierendes hätte finden können, aber es machte mich trotzdem nervös.

Mir fiel auf, daß die Topflappen, die mir meine Mutter geschenkt hatte, nicht mehr an dem dafür vorgesehenen Haken hingen. Ich nahm sie und hängte sie auf. Dann fiel mein Blick auf das Gewürzregal. Auch ein Geschenk meiner Mutter. Ich hatte noch nie Verwendung dafür gehabt, aber mir fiel sofort auf, daß etwas damit nicht stimmte. Sie mußte Salz und Pfeffer herausgenommen haben, wahrscheinlich für die Eier. Die beiden Streuer standen nicht an ihren angestammten Plätzen. Ich nahm sie heraus und sortierte sie neu ein. Den Pfeffer zwischen Paprika und Pizza-Gewürz und das Salz zwischen Pizza-Gewürz und Thymian.

Sie schaute mich unsicher an. »Hab ich was falsch gemacht?«

»Nein, nein. Alles in Ordnung.«

»Dann setz dich doch hin. Es ist alles fertig.«

Ich setzte mich an den Tisch und sie brachte die Spiegeleier. Ich fühlte mich wie ein Gast in meiner eigenen Küche.

»Ich dachte mir, ich tu dir was Gutes«, sagte sie. »Nachdem du so nett zu mir warst.«

»Danke«, sagte ich und räusperte mich.

Sie setzte sich mir gegenüber und ich konnte sehen, daß die Schwellungen in ihrem Gesicht angefangen hatten, sich zu verfärben. Sie hatte einen blauen Fleck auf der Stirn und einen auf der Wange. Ihre Lippe war im Mundwinkel etwas geschwollen. Trotzdem sah sie immer noch aus wie etwas, worauf die meisten Männer höchstens in ihren Träumen treffen. Mich selbst eingeschlossen. Jetzt bei Tageslicht konnte man sehen, daß sie keine dieser »Schönen der Nacht« war, die nur aus einem bestimmten Winkel und in einem bestimmten

Licht gut aussehen. Das Orangerot ihrer Haare erstreckte sich bis zu den Wurzeln, mußte also echt sein. Auch ihre Haut war von dem sahnigen Weiß der Rothaarigen. Die hohen Wangenknochen verliehen ihr die Gesichtszüge einer Indianerin, scharf und markant.

Sie schien meine Blicke zu bemerken und fuhr sich mit den Händen durchs Gesicht. »Ich hab mich noch nicht geschminkt.«

»Macht doch nichts.«

»Es sieht furchtbar aus.«

»Es geht.«

Sie wechselte das Thema. »Stehst du immer so spät auf?«

»Normalerweise so gegen drei. Ich komm aber auch selten vor sieben ins Bett. Um sechs ist Schichtwechsel. Und wenn ich dann nach Hause komme, kann ich nicht direkt schlafen gehen. Muß erst noch was trinken oder lesen.«

»Das kenne ich. Ist bei uns genauso. Bis man endlich ins Bett kommt, zwitschern draußen schon die Vögel. Aber gestern war es doch gar nicht so spät.«

»Ich hab noch ein paar Fahrten gemacht. Konnte nicht schlafen. Um halb sieben war ich wieder hier. Bis ich einschlafen konnte, war's acht.«

»Mein Gott, dann hab ich dich ja mitten aus dem Tiefschlaf gerissen. Bist du denn überhaupt richtig wach?«

»Ich kann mich ja noch mal hinlegen. Vor sechs muß ich nicht wieder aufs Taxi.«

»Dann kannst du auch wieder das Bett nehmen. Ich hoffe, die Couch war nicht zu unbequem.«

»Nein. Nur etwas schmal.«

Sie lachte. Dann wurde ihr Blick ernst. »Ich hab gestern nacht gar nicht drauf geachtet, wohin wir fahren. Und von den Fenstern aus kann man nicht auf die Straße sehen, da ist nur der Hof. Ich weiß überhaupt nicht, wo ich bin.«

»Das ist das Hinterhaus hier. Auf die Straße kann man nur von den Wohnungen im Vorderhaus gucken. Dafür ist es hier ruhiger.«

»Ja, aber wo genau sind wir eigentlich?«

»In der Gneisenaustraße.«

»Hab ich noch nie gehört.«

»Westend. Ist ein traditionelles Arbeiterviertel. Heute wahrscheinlich eher Arbeitslosenviertel.«

»Das ist gut. Da vermutet er mich nicht.«

»Wer?«

»Na, Blacky.«

»Wo ist denn deine Wohnung?«

»In der Richard-Wagner-Straße.«

»Komponistenviertel – da mußt du tatsächlich ganz gut verdienen.«

»Es geht. Die Wohnung hat mir Blacky günstig besorgt. Deswegen kann ich jetzt auch nicht dort hin. Der Vermieter ist ein Bekannter von ihm. Womöglich läßt der ihn sogar in meiner Abwesenheit dort rein.«

»Gibt es denn keine Möglichkeit, etwas gegen diesen Kerl zu unternehmen?«

»Ich wüßte nicht, was. Das Beste wird sein, wenn ich für eine Zeitlang untertauche. Meinst du, ich könnte noch ein paar Tage hier bleiben?«

Ich setzte die Tasse ab, die ich zum Mund hatte führen wollen.

»Ich bezahle dir auch was dafür«, sagte sie schnell. »Ich würde ja in ein Hotel gehen, aber ich habe Angst, daß er mich da findet. Außerdem traue ich mich nicht auf die Straße, so lange ich weiß, daß er hinter mir her ist.«

»Weißt du das denn so genau?«

»Ja, ich kenne ihn. Bitte, es wäre wirklich nur für ein paar Tage. Ich gebe dir fünfhundert Mark.«

»Du mußt wirklich ziemlich gut verdienen.«

Ich wußte längst, daß ich ihr die Bitte nicht abschlagen konnte, aber es ärgerte mich, daß sie das Geld ins Spiel brachte. Schließlich gab ich mir einen Ruck. »Wenn du aufhörst, mir ständig Geld anzubieten, kannst du hier bleiben. Ich bin sowieso fast nur zum Schlafen da. Falls du tatsächlich nicht auf die Straße gehen willst, wird's also vielleicht etwas eintönig. Das einzige, was die Wohnung an Zerstreuung bietet, ist der kleine Fernseher, der im Bücherregal steht.«

Das schien sie zu amüsieren. »Und die Bücher, die da stehen?«

»Liest du denn?«

»Warum nicht? Oder meinst du, deine Bücher könnten 'ne kleine Nutte intellektuell überfordern?«

»Das wollte ich nicht sagen.«

»Okay. Vielen Dank, daß ich bleiben darf. Ich werde dich bestimmt nicht stören. Und ich werde auch nie mehr vor drei das Frühstück machen.«

Ich lachte. »War übrigens sehr gut, das Frühstück. Aber jetzt, wo ich satt bin, werde ich direkt wieder müde. Ich werd noch schnell den Abwasch machen und mich dann wieder hinlegen.«

Sie stand gleichzeitig mit mir auf. »Laß mich den Abwasch machen und leg dich sofort hin.«

»Nein, nein. Das mach ich schnell noch.«

»Unsinn. Laß mich das machen. Auf die Art kann ich mich wenigstens ein bißchen erkenntlich zeigen.«

»Aber du weißt doch gar nicht, wo alles hingehört, das Geschirr, die Pfanne und so weiter.«

»Ist das so wichtig?«

Ich suchte nach einer Antwort, die nicht bescheuert klang.

Sie kam mir zuvor. »Ich stelle alles wieder da hin, wo es war, okay?«

Dazu konnte ich nicht mehr nein sagen, ohne von ihr für bescheuert oder zumindest seltsam gehalten zu werden. Also gab ich auf.

Ich ging ins Schlafzimmer. Auf dem Bett zeichnete sich der Abdruck ihres Körpers ab und als ich mich hineinlegte, roch das Kopfkissen nach ihrem Haar. Mein Atem stockte und was sich zwischen meinen großen Zehen abspielte, machte das Einschlafen auch nicht leichter.

4

Der Herbst drängte die Vorherrschaft des Tages langsam zurück und dehnte das Refugium der Nacht aus. Als ich um kurz nach sechs an der Zentrale ankam, dämmerte es bereits. Ich war gegen fünf Uhr aufgewacht, hatte eine Dusche genommen, noch etwas gegessen und hatte mich dann auf den Weg zur Arbeit gemacht. Viel Tageslicht hatte ich nicht abbekommen, aber das störte mich nicht.

Es heißt, der Mensch könne, genau wie die Pflanzen, ohne natürliches Licht nicht leben. Aber gibt es nicht auch Nachtschattengewächse? Ich hatte ein paar von ihnen kennengelernt in den letzten zwölf Jahren. Kreaturen der Nacht, die in der Welt des Tages einfach keinen Platz hatten, die nur im Schutz der Dunkelheit überhaupt existieren konnten.

Da war zum Beispiel die Spaziergängerin. Ihren richtigen Namen wußte ich nicht. Ich hatte nie auch nur ein Wort mit ihr geredet, aber ich betrachtete sie als eine Bekannte, einen Teil meiner Welt. Sie mußte mindestens siebzig sein und maß höchstens einen Meter fünfzig. Ob sie so etwas wie ein Zuhause hatte, wußte ich nicht, aber ich bezweifelte es.

Jede Nacht konnte man sie sehen, wie sie, in einen dicken Mantel gehüllt, eine Wollmütze auf dem Kopf, mit rotem Gesicht über ihren Krückstock gebeugt, durch die verlassenen Straßen der Stadt wanderte. Ihre Spaziergänge schienen einer genau festgelegten Route zu folgen, man sah sie immer an den selben Stellen. Meistens auf dem Kaiser-Friedrich-Ring, den sie in Richtung Hauptbahnhof abmarschierte. Wenn man sie zweimal innerhalb weniger Minuten passierte, konnte man sehen, daß die Fortschritte, die sie dabei auf ihren kurzen Beinen machte, gering waren. Wahrscheinlich legte sie jede Nacht nur wenige Kilometer zurück. Wohin sie ging, wenn der Tag anbrach, war eine Frage, die ich mir nie wirklich gestellt hatte.

Wenn sie eine Pause brauchte, setzte sie sich auf die Eisengitterbänke der Bushaltestellen. Man konnte sie dort sitzen sehen, ihren Stock neben sich, den Kopf in den Nacken gelegt. Einmal hatte ein Kollege, der offensichtlich neu war, ganz aufgeregt die Zentrale angefunkt: »Hier liegt 'ne alte Frau an der Bushaltestelle im Kaiser-Friedrich-Ring, die sieht aus wie tot. Schick mal schnell 'nen Krankenwagen.«

Ich mußte lachen bei der Vorstellung, wie die Spaziergängerin die jungen Rettungssanitäter anblaffte, was sie denn von ihr wollten, daß sie sich großartig fühle und daß sie sie gefälligst in Ruhe lassen sollten.

Ein etwas jüngerer Bruder der Spaziergängerin war der Aufräumer. Er mochte um die vierzig sein und sah aus wie ein übriggebliebener Hippie. Genau wie die Spaziergängerin, hatte er mich zunächst vor ein Rätsel gestellt. Mir war nicht klar, welchem Zweck sein Handeln diente. Man konnte ihn immer in der Nähe von Abfalleimern und Altglascontainern sehen. Ich glaubte, er suche nach Pfandflaschen oder Eßbarem, bis mir klar wurde, daß er die Dinge, die er in mehreren großen Plastiktüten mit sich führte, nicht etwa aus den Containern herausgeklaubt hatte, sondern sie dort hineinwarf.

Nachdem ich ihn eine Zeitlang genauer beobachtet hatte, wußte ich, daß er den Müll, den die Tagmenschen auf den Straßen und Bordsteigen hatten liegen lassen, in seinen Plastiktüten sammelte, um ihn dann, penibel getrennt, in den entsprechenden Containern zu entsorgen. Am Halteplatz Schulgasse, wo einige dieser Container standen, hatte ich den Aufräumer einmal in einem Gespräch mit einem nächtlichen Passanten belauscht. Das einzige, was ich verstehen konnte, war: »Es gibt so viel, was der Einzelne tun kann.« Die Stadtwerke hätten ihm ein Gehalt zahlen müssen.

Wenn ich die Spaziergängerin oder den Aufräumer ein paar Tage lang nicht gesehen hatte, fragte ich mich sofort, ob ihnen etwas zugestoßen sei. Sie gehörten zum nächtlichen Bild der Stadt wie die Straßenlaternen und die Ampeln. Aber genau wie diese blieben sie immer außen vor meiner Windschutzscheibe. Und genau wie die übrige Welt dort hinter den Scheiben, ließ ich sie zurück, wenn ich in meinem U-Boot mit dem Taxi-Schild auf dem Dach durch diese Welt hindurchtauchte.

Wahrscheinlich hätte ich die Spaziergängerin und den Aufräumer ebensowenig persönlich kennenlernen wollen wie die Besoffenen, die ich für Geld in mein U-Boot einließ. Ich hatte genug damit zu tun, mich dieser Tagmenschen zu erwehren, die den Schutz der Nacht nutzten, um sich der Dinge zu entledigen, die in ihrem Tagleben keinen Platz hatten.

Wohin man sich wandte, überall waren Menschen, und man mußte mit ihnen umgehen. Und nicht alle gehörten zur unverträglichen Sorte. Und grade die, die zur verträglichen Sorte gehörten, stellten einen vor die größten Probleme.

Definitiv zur unverträglichen Sorte gehörte der fleischige Kerl, der gegen halb elf am Hotel Vier Jahreszeiten einstieg. Er wollte »noch was erleben« und bat mich um einen »heißen Tip«. Das Problem, vor das er mich stellte, war geringfügig. Ein Blick in sein feistes Gesicht genügte, um zu wissen, wohin er gebracht werden wollte. Ich beschloß, es ihm etwas schwerer zu machen.

»Ich kann Sie zum Park Café bringen«, schlug ich vor. »Die haben noch bis vier Uhr auf.«

»Park Café?« Er schaute mißtrauisch. »Was gibt's denn da?«

»Musik, Tanz, jede Menge Leute.«

»Nein, nein, das ist nicht das richtige.«

»Dann würde ich das Old Fashion vorschlagen. Da geht es nicht ganz so ausgelassen zu. Nur etwas gedämpfte Hintergrundmusik und kein Tanz. Und die haben sogar noch bis sechs Uhr auf.«

»Ah ja? Und da gibt's auch ein bißchen Unterhaltung?«

»Unterhaltung?«

»Ja, Sie wissen schon.«

»Na ja, da gäbe es zum Beispiel ein paar Spielautomaten.«

»Spielautomaten?«

»Ja, man steckt ein paar Münzen rein und wenn man Glück hat, gewinnt man was.«

»Mensch, also in Ihrem Beruf, da müßte Ihnen doch noch ein bißchen was Aufregenderes einfallen, womit man sich unterhalten kann.«

»Lassen Sie mich mal nachdenken.«

»Menschenskind, ich will irgendwohin, wo's Frauen gibt.«

»Frauen? Also, die gibt's bestimmt sowohl im Park Café, als auch im Old Fashion. Sie machen schließlich die Hälfte der Bevölkerung aus.«

»Wollen Sie mich auf den Arm nehmen?«

»Nein. Aber kann es sein, daß Sie zum Puff wollen?«

»Na also, jetzt verstehen wir uns.«

»Ich weiß nicht. Bisher haben Sie mir noch immer kein genaues Fahrziel genannt.«

»Was? Aber Sie haben's doch grade gesagt.«

»Es stimmt also, Sie wollen zum Puff?«

Er verlor die Beherrschung. »Wenn Sie mich nicht hinfahren wollen, dann nehme ich ein anderes Taxi!«

»Aber wieso denn? Ich fahre Sie doch. Warum haben Sie mir nicht einfach gleich gesagt, wo Sie hin wollen.«

Er starrte mich wütend an. Der Ärmste. Wahrscheinlich hatte er zuhause eine Frau und drei Kinder. Ich kannte die Sorte. Zu Prostituierten zu gehen, war für sie nicht das Problem. Erst wenn sie aussprechen mußten, wonach ihnen der Sinn stand, wurde es für sie problematisch.

Ich fuhr ihn zum Crazy Sexy. Das Conny's in der Industrievorstadt Kastel mit seinen ganzjährigen Winterschlußverkaufspreisen schien er kaum nötig zu haben, so wie er aussah. Ich tippte auf Immobilienmakler. Vielleicht auch was mit Versicherungen. Als er ausstieg und ich ihn durch die Eingangstür des Crazy Sexy verschwinden sah, tat mir die Frau, auf die seine Wahl fallen würde, leid. Ich hatte ihn nur knapp zehn Minuten ertragen müssen, sie würde mindestens eine halbe Stunde lang so tun müssen, als sei er ihr sympathisch. Und ihr würde er nicht bloß den Gehörgang penetrieren. Ich mußte an Martina denken und war auf einmal sehr froh, sie bei mir zuhause zu wissen.

Nachdem ich die Scheine in meinem Portemonnaie nachgezählt hatte, vertiefte ich mich für eine Weile in das Spiegelbild, das der Eisenbahnzug in Neon neben dem Portal des Crazy Sexy, der in kleinen Wölkchen die Worte »Puff Puff« ausstieß, auf meiner Windschutzscheibe hinterließ. Der Qualm meiner Zigarette biß mir in die Augen und ließ das Bild verschwimmen. Dann öffnete sich die Tür oberhalb der Treppe und drei Männer kamen heraus. Sie glotzten mich an, schienen aber den Weg in die Innenstadt lieber zu Fuß zurücklegen zu wollen. Im Rückspiegel sah ich sie um die Ecke des Gebäudes in Richtung Mainzer Straße verschwinden.

Ich versuchte, mir einen der drei auf Martinas Körper vorzustellen. Oder meinen fleischigen Immobilienmakler. Es funktionierte nicht. Irgend etwas in meinem Kopf weigerte sich, das gewünschte Bild herzustellen. Es war ihr nicht angemessen. Daß sie beschlossen hatte, hier nicht mehr zu arbeiten, machte Sinn. Dieser Blacky mochte ein Problem damit haben, aber er würde es schlucken müssen.

Ich stieg aus dem Wagen, schloß ihn ab und ging die Treppe hinauf zur Eingangstür. Weiter als bis in den Eingangsbereich, in dem ich manchmal auf Fahrgäste gewartet hatte, war ich hier noch nie vorgedrungen. Da gab es eine Tür mit der Aufschrift »Herren WC«, die mich jedesmal aufs Neue verblüffte. Gab es hier auch ein Damen WC? Für wen?

Zu meiner Linken gab es einen Durchgang mit einem schwenkbaren, durchsichtigen Vorhang aus Hartplastik. Als führte er in das Kühlhaus einer Schlachterei. Hinter dem Vorhang erstreckte sich ein gekachelter Gang, der den Charme eines Bahnhofsklos ausstrahlte. Die Farbe der Kacheln war undefinierbar in dem fahlen Licht. Weiß? Braun? Gelb? Rechts und links des Gangs reihten sich Stahltüren mit Nummernschildern. Hinter einige der Schilder waren Papierfetzen gesteckt, auf denen handschriftlich Namen prangten: Lucy, Daisy, Trixi. Alle Türen waren verschlossen.

Der Gang machte einen Knick nach rechts und wurde dahinter zu einem langen Schlauch mit weiteren Stahltüren auf beiden Seiten. Vor einigen der Türen auf der rechten Seite standen Barhocker. Auf den Barhockern saßen Frauen in Unterwäsche. Die erste von ihnen, eine Blondine mit abnormal großen Brüsten, war keinen Meter von mir entfernt.

»Na Süßer«, sprach sie mich an. »Willst du 'n paar Stöße machen?«

Ich glotzte sie an.

»Ist wie beim Billard. Nur die Kugeln sind viel größer.« Sie ließ sie vor meinen Augen auf und ab wippen.

»Ich wollte eigentlich zu Martina«, sagte ich.

»Martina? Bist du sicher?«

»Ja.«

»Wir haben hier überhaupt keine Martina.«

»Aber sie hat bis vor kurzem noch hier gearbeitet.«

»Also Süßer, ich bin jetzt seit zwei Jahren hier und hab noch keine Martina kennengelernt. Aber wenn ich nicht deine Kragenweite bin, kannst du dich ja noch weiter umschauen.«

Ich ging an ihr vorbei, entlang der Reihe der Türen. Dort, wo die Türen offen standen, konnte ich in Zimmer mit rotem Dekor und großen, niedrigen Betten sehen. Überall Handtücher. Wie in einer Klinik. Hinter den verschlossenen Türen erklang Musik. Um das zu übertönen, was dort vor sich ging? Die Frauen auf ihren Barhockern musterten mich abschätzend. Eigentlich wäre das wohl meine Rolle gewesen. Aber ich hielt meinen Blick im Bereich ihrer Fußknöchel. Sie mußten mich für einen Schuhfetischisten halten.

Links von mir gab es eine Tür mit dem Schild »Büro« und einer Klingel, dann machte der schmale Gang einen weiteren Knick nach rechts und mündete schließlich in einen kleinen Raum mit Sofa und viel buntem Licht. Auf dem Sofa saß eine Frau, die mich fragend anschaute.

Ich machte auf dem Absatz kehrt, zurück in den gekachelten Schlauch, der jeder U-Bahn-Station zur Ehre gereicht hätte. Diesmal zwang ich mich, die Frauen anzusehen. Vor einer Brünetten, die in einem Negligé steckte, das mich an das Glitzerkleid von Martina erinnerte, blieb ich stehen. Sie war hübsch. Nicht so derb wie einige der anderen, denen ihr Beruf ins Gesicht geschrieben stand.

»Hallo«, sagte sie. »Kann ich was für dich tun?«

»Ja. Weißt du, ich suche jemanden. Martina. Sie hat bis vor kurzem hier gearbeitet. Ich bin ein Freund von ihr.«

»Ein Freund?«

»Na ja.« Ich räusperte mich. »Also, sie fährt öfter mit mir, im Taxi.«

»Und du bist sicher, daß sie Martina heißt?«

»Ja. Das heißt, ich denke schon. Sie ist etwa einen halben Kopf kleiner als ich, hat lange rote Haare und kommt aus Hamburg.«

»Du meinst Melinda?«

»Ich weiß nicht. Wenn sie so heißt.«

»Tut sie. Aber die suchst du hier vergeblich. Da mußt du rüber ins Büro.«

»Ins Büro?«

»Ich arbeite ab und zu für sie im Begleitservice. Das ist ihr Job.«

»Begleitservice?«

»Ja, sie ist die Chefin.«

»Was? Sie ist die Chefin von dem Laden hier?«

»Nicht von dem Laden, nur vom Begleitservice. Besonders gut scheinst du sie ja nicht zu kennen.«

»Nein. Ich fahr sie nur hin und wieder. Weißt du, ob sie heute da ist?«

»Keine Ahnung. Warum gehst du nicht rüber und fragst nach.«

»Mach ich. Danke.«

Ich machte auf dem Absatz kehrt und sah zu, daß ich da raus kam. Die Frauen glotzten mich an wie einen Vollidioten und sahen mir verwundert nach.

Der Halteplatz Bahnhof war gerammelt voll. Ich stellte mich trotzdem an und schob Beethovens Fünfte in den Cassettenschacht. Ich hatte das Gefühl, meine Gedanken ordnen zu müssen. Martina. Melinda. Begleitservice. Was war das? Ein großes Mißverständnis? Eine dreiste Lüge? Und wenn ja, von wem?

Die Taxis rückten quälend langsam nach vorne, etwa alle zehn Minuten kamen drei bis vier weg. Bei diesem Tempo würde ich noch eine halbe Stunde auf Fahrgäste warten können.

Das war das Schlimmste am Taxifahren, das Warten. Man konnte alt und grau und verbittert dabei werden. Man mußte sich nur die Gesichter der Fahrer in den anderen Wagen anschauen. Natürlich hatten sie nie vorgehabt, diesen Job zu ihrem Beruf zu machen. Genausowenig wie ich. Taxifahren war bloß eine schlechte Angewohnheit, die wir uns zugelegt hatten und die wir uns Silvester um Silvester abzugewöhnen schworen. Nur um sie irgendwann mit ins Grab zu nehmen. Eins von den Dingen, die uns in unsere großartigen Lebenspläne pfuschen. Und je mehr von ihnen wir anhäufen, um so unkenntlicher werden die großen Pläne mit der Zeit.

Ich nahm die »Reise ans Ende der Nacht« zur Hand und blätterte nach einer meiner Lieblingspassagen. Seite 278, der Armenarzt Bardamu beschreibt das Lächeln eines kranken Kindes: »Über sein blasses Gesichtchen huschte ein Lächeln der Zuneigung, das so unendlich rein war, das ich es nie vergessen konnte. Genügend Freude für die ganze Welt lag darin.

Wenige Geschöpfe sind, wenn sie erst über zwanzig sind, noch einer so raschen Zuneigung fähig, nur die Tiere. Die Welt ist nicht das gewesen, was man erwartet hat! Das ist's! Da kriegt man dann eine andere Fratze! Man hat sich ja getäuscht gehabt! Und man wird schnell selber ein Schweinekerl! Das kann man nach zwanzig Jahren von den Gesichtern lesen! Ein Mißverständnis! Unser Antlitz ist nur ein Mißverständnis!«

Ein Mißverständnis, ja, so konnte man es nennen. Ich hatte mir für mein Leben immer etwas von Größe gewünscht, von Bedeutung. Etwas Endgültiges, einen Zustand der Bedürfnislosigkeit. Aber gibt es so etwas überhaupt? Ich meine, vor dem Tod? Oder ist es nicht eigentlich die Vollkommenheit des Todes, die unserem erbärmlichen, unfertigen Leben die Krone aufsetzt? Aber warum klammern wir uns dann so verzweifelt an dieses Leben, ziehen über die Erde, unsere Unvollkommenheit wie einen Klotz am Bein mit uns schleifend, und schlagen überall, wo wir hinkommen, Wunden der Unzufriedenheit? Es ist ein Trauerspiel.

Trotzdem bildete ich mir ein, nicht zu den Schweinekerlen zu gehören. Ich lebte mein Leben für mich, wem konnte ich da schon weh tun?

5

Ich fand sie schlafend auf der Couch im Wohnzimmer, als ich nach Hause kam. Das Glitzerkleid schimmerte stumpf im blassen Licht der Morgendämmerung, das durch das Fenster fiel. Ich zog den Vorhang zu und sah auf sie hinunter. Sie hatte sich auf der schmalen Couch zusammengerollt wie ein kleines Kind. Ihr Atem ging tief und gleichmäßig. Sie schien einen gesunden Schlaf zu haben. Ich für meinen Teil fand selbst in meinem eigenen Bett kaum Ruhe. Wenn ich endlich einschlief, dann meist vor Erschöpfung. In einer fremden Wohnung hätte ich kein Auge zugetan.

Leise zog ich mich in die Küche zurück, nahm mir ein Bier aus dem Kühlschrank und setzte mich damit an den Tisch. Nachdem ich die Dose geleert und drei Zigaretten geraucht hatte, klemmte ich mir noch drei Dosen unter den Arm und ging auf Zehenspitzen durch das Wohnzimmer nach hinten ins Schlafzimmer, begleitet vom gleichmäßigen, friedlichen Atmen der Frau, die Martina oder vielleicht auch Melinda heißen mochte.

Ich zog mich aus, setzte mich aufs Bett und riß die erste Dose auf. Draußen kämpfte sich die Sonne durch die milchige Wolkendecke und schmiß ein schmieriges Licht in den Hinterhof. Wie die Strahlen einer Neonröhre durch eine lange nicht geputzte Fensterscheibe. Es tat meinen Augen weh. Ich beeilte mich mit dem Bier, um mich in den Schlaf hinüberzuretten.

Früher hatte ich mir nicht viel aus Alkohol gemacht. Aber nachdem mich ein paar von den Kollegen, die nach der Nachtschicht im Old Fashion oder in den ab sechs Uhr geöffneten Frühlokalen trinken gingen, mitgenommen hatten, fand ich Geschmack an dem bewußtlosen Taumel, der sich einstellte nach zehn Stunden Nachtschicht und fünf Bier mit zwei Kurzen. Er schickte die Gedanken auf wundersame Ausflüge und half mir bei meinem Schlafproblem.

Trotzdem war ich nur ein paar Mal mitgegangen. Die Gespräche der Kollegen drehten sich immer nur um die Arbeit und genau die wollte ich nach dem Ende der Schicht so schnell wie möglich vergessen. Ich trank lieber zuhause, in Gesellschaft meiner Gedanken oder eines Buchs.

»Ich hoffe, heute bin ich nicht zu früh dran«, begrüßte sie mich lächelnd, als ich am Nachmittag in die Küche kam. Der Tisch war gedeckt, eine Kanne Kaffee stand fertig in der Maschine.

Ich schlurfte zur Spüle und schaute kurz in den Spiegel. Verquollene Augen über einem Bart, der mal wieder gestutzt werden mußte. Ich schmiß mir etwas kaltes Wasser ins Gesicht, rubbelte es mit dem Handtuch ab und setzte mich an den Tisch.

»Ich hab dich doch nicht wieder geweckt?« fragte sie vorsichtig.

»Nein.«

»Es ist schon nach vier, da dachte ich, du würdest bestimmt bald aufstehen.«

Ich nickte.

»Willst du Kaffee?«

Ich nickte noch mal. Sie nahm die Kanne und schenkte mir ein.

»Danke, ... Melinda.«

Sie stellte die Kaffeekanne ab, schaute mich wortlos an. Ihr Blick war hart.

»Ich hab gestern eine deiner Kolleginnen aus dem Crazy Sexy getroffen«, erzählte ich ihr. »Oder vielleicht eher eine deiner Angestellten. Sie hat behauptet, dein Name sei Melinda. Aber wahrscheinlich war das eine Verwechslung, was?«

»Was soll das?«

»Ich dachte, du würdest mir das sagen.«

»Wenn du etwas von mir wissen willst, warum fragst du dann nicht mich?«

»Okay. Also, ich wüßte gerne, wie du wirklich heißt und worin dein Job im Crazy Sexy besteht.«

Sie musterte mich, als versuche sie zu einem Urteil über mich zu kommen.

»Vielleicht geht mich das nichts an«, sagte ich. »Aber immerhin lasse ich dich hier wohnen.«

»Melinda«, ihre Stimme bebte vor unterdrückter Wut, »ist der Name, unter dem ich im Crazy Sexy arbeite. Meinst du, auch nur eins der Mädchen arbeitet dort unter seinem wirklichen Namen? Das wäre glatter Selbstmord. Du kannst einen Teil deiner Person verkaufen, aber du mußt immer sicherstellen, daß genügend übrigbleibt für dich selbst. Dazu gehört dein Name.«

Ich wollte etwas sagen, aber ich fand nicht die richtigen Worte.

»Wäre es dir lieber gewesen, ich hätte mich dir als Melinda vorgestellt?«

»Nein. Es tut mir leid. Ich hab nicht nachgedacht.«

»Ja. Und um die Frage nach meinem Job zu beantworten, ich arbeite im Begleitservice. Wir richten Gesellschaften für betuchtere Gäste aus, die nicht zu uns ins Haus kommen, sondern in Hotels oder auch privat bedient werden.«

»Deine Kollegin sagte, du seist die Chefin vom Begleitservice.«

»Ich organisiere ihn für Blacky. Dafür hat er mich nach Wiesbaden geholt.«

»Warum organisiert er ihn nicht selbst?«

»Weil er auf hundert Meter nach Lude stinkt. Er wird nie etwas anderes sein als ein schmieriger kleiner Zuhälter. Und mit so einem geben sich unsere Kunden nicht gerne ab. Das haben sie nicht nötig. Für das Geld, das sie bezahlen, wollen sie den Anstrich des Seriösen und natürlich Diskretion inklusive.«

»Und das lieferst du ihnen?«

»Ja, ich kann mit Menschen umgehen. Ich erzähle ihnen, was sie hören wollen, und sie fühlen sich geschmeichelt. Blacky würde mit seinem Zuhältergehabe und seinen billigen Sprüchen alle Kunden in die Flucht schlagen. Außerdem ist er ein Mann. Und die Männer, die als Kunden zu uns kommen, mögen es nicht, wenn ihnen ein anderer Mann über die Schulter sieht bei dem, was sie tun. Deshalb braucht er mich.«

Ich nickte. »Und was ist mit der Geschichte, daß er dich in Hamburg loskaufen mußte?«

»Ich habe dort in einem Begleitservice gearbeitet. Er kannte meine Chefin und ich habe ihn ein paar Mal bedient, als Kunde. Dann hat er mir von seinem Plan erzählt, hier in Wiesbaden einen Begleitservice aufzuziehen, als lukratives Nebengeschäft. Es hat ihn furchtbar gefuchst, in der Landeshauptstadt zu sitzen, mit den ganzen durchreisenden Politikern und Wirtschaftsbossen, die die Taschen voller Geld haben, aber natürlich nie einen Fuß in seine Kaschemme gesetzt hätten. Ich hatte Erfahrung im Umgang mit den betuchten Kunden und auch ein paar Kontakte zu Stammgästen. Blacky hat mir das Angebot gemacht, den Begleitservice für ihn aufzuziehen. Es war ein gutes Angebot und ich hab's angenommen.«

»Das heißt, du hast mit diesem Blacky...«

»Geschlafen?« Sie lachte. »Ja. Und mit tausend anderen Männern. Das bringt der Beruf so mit sich.«

»Und jetzt schläfst du nur noch mit reichen Männern.«

»Na und? Hältst du es etwa für ehrenvoller, sich für Arme hinzulegen?«

»Nein. Die Armen benehmen sich in der Regel nicht besser als die Reichen. Jeder nimmt, was er kriegen kann.«

»Sind damit alle deine Fragen beantwortet?«

»Na ja, was ich nicht ganz verstehe, ist, warum selbst deine Kollegin oder Mitarbeiterin dich nur als Melinda kennt. Benutzt ihr nicht mal untereinander eure wirklichen Namen?«

»Ich weiß ja nicht, mit wem du da gesprochen hast, aber mit den meisten Mädchen habe ich nicht viel Kontakt. Ich suche mir für jeden Termin aus Blackys Personal diejenigen aus, die am meisten hermachen, die sich ein bißchen benehmen und auch Konversation machen können. Für die bin ich wahrscheinlich wirklich bloß die Chefin. Weil ich nicht wie sie mit den Freiern von der Straße arbeiten muß. Ich könnte dir auch nicht die wirklichen Namen der Mädchen sagen. Und für die bin ich eben Melinda. Privat haben wir nichts miteinander zu tun.«

»Ich verstehe.«

6

Nach dem Frühstück schaffte ich es, sie mit dem Argument aus der Küche zu kriegen, ich wolle jetzt duschen. Sie ging nach nebenan und ich machte mich daran, die Küche in Ordnung zu bringen. Zuerst nahm ich mir den Geschirrschrank vor. Sie hatte die gespülten Tassen vom Vortag falsch einsortiert. Die mit dem Elefant, die ich schon als kleiner Junge gehabt hatte, stand nicht an ihrem gewohnten Platz zwischen der weißen mit dem abgebrochenen Henkel und der grünen mit den blauen Punkten, was ich schnell korrigierte. Dann räumte ich noch die Pfanne an ihren angestammten Platz unter die Töpfe, bevor ich das grade benutzte Geschirr spülte und wieder einsortierte.

Auch im Gewürzregal waren wieder zwei Streuer vertauscht. Ich brachte das in Ordnung. Dann verschloß ich die Tür und stieg unter die Dusche.

Als ich aus der Küche kam, frisch geduscht und wieder komplett bekleidet, saß Martina mit einem Buch auf der Couch. »Die Steppe«, von Anton Cechov.

Sie sah von dem Buch auf. »Ich habe gestern schon damit angefangen. Dieses Kind in der Geschichte... Irgendwie ist es, als sähe man sich selbst wieder – vor einem halben Leben etwa.«

»Ja«, sagte ich.

»Ja? Das ist alles, was du dazu sagst? Hast du das Buch gelesen?«

»Natürlich. Ich hab alle Bücher gelesen, die hier stehen.«

»Und du findest nicht, daß es eine sehr gelungene Kindheitsbeschreibung ist?«

»Doch, wahrscheinlich. Ich kann mich an meine Kindheit nicht erinnern.«

»Du kannst dich nicht an deine Kindheit erinnern? Wie alt bist du denn?«

»Zweiunddreißig.«

»Ich bin achtundzwanzig und kann mich an meine Kindheit erinnern, als wäre es gestern gewesen.«

»War's so spannend?«

»Das nicht, aber ... Ich weiß nicht, prägend wahrscheinlich.«

»Ich wüßte überhaupt nicht, welche Ereignisse aus meiner Kindheit mich geprägt haben sollten. Da ist nicht viel passiert.«

»War denn alles so harmonisch?«

»Das nicht. Meine Eltern haben sich scheiden lassen, als ich zwölf war. Meine Mutter hat dann einen Beamten geheiratet. Wegen dem Kerl hab ich eine Lehre als Bankkaufmann gemacht.«

»Bankkaufmann?«

»Mein Stiefvater meinte, das wäre ein guter Beruf. Weil man den ganzen Tag mit Geld zu tun hat.«

Sie lachte.

»Ich hab mir immer überlegt, wie ich ein bißchen was von dem vielen Geld auf die Seite bringen könnte.«

»Und?«

»Mir ist nichts eingefallen.«

Wieder lachte sie. »Und warum bist du heute kein Bankkaufmann?«

»Die haben mich nach der Lehre nicht übernommen. Ich hab allerdings auch keinen allzu großen Einsatz gezeigt.«

»Und dann bist du Taxifahrer geworden?«

»Ein Bekannter von mir fuhr damals Taxi. Auf seinen Rat hin hab ich den Taxischein gemacht. Ich dachte, das wäre besser, als arbeitslos zu sein. Einfach ein bißchen Taxi fahren, bis ich irgendwo 'ne Stelle finde. Nach ein paar Wochen in der Tagschicht hat mich Robbie, mein Chef, dann gefragt, ob ich auch nachts fahren würde. Die Nachtschicht war unterbesetzt. Ich dachte mir, ich probier's mal aus.«

»Wie lange ist das her?«

»Zwölf Jahre.«

»Dann probierst du aber schon ganz schön lange.«

»Wahrscheinlich hab ich einfach keinen Ehrgeiz.«

»Hast du dir nie überlegt, was mit Büchern zu machen? Ich meine, wo du so viele hier stehen hast.«

»Dazu braucht man Abitur. Oder wahrscheinlich sogar ein Studium.«

»Es gibt doch so was wie den zweiten Bildungsweg.«

»Zweiter Bildungsweg?«

»Ja, zum Beispiel ein Abendgymnasium.«

»Abends muß ich Taxi fahren.«

»Klingt, als hingst du an dem Job.«

Ich zuckte die Achseln. »Hängst du an deinem?«

Sie schnaubte. »Bestimmt nicht. Aber ich bin ja dabei, mich zu verändern.«

»Wäre dein Job als Selbständige denn so viel anders?«

»Zumindest müßte ich die Einnahmen mit niemandem teilen.«

»Aber verkaufen müßtest du dich immer noch.«

»Muß man doch überall. Außerdem habe ich nichts anderes gelernt.«

»Was ist mit dem zweiten Bildungsweg?«

Sie lachte. Dann nahm ihr Gesicht einen nachdenklichen Zug an.

»Weißt du«, sagte sie, »man könnte sagen, ich bin in den Beruf hineingeboren worden.«

»Was?«

»Ja, meine Mutter hatte den selben. Und sie war selbständig. Sie hat zuhause gearbeitet. Ich habe von Kindesbeinen an alles mitbekommen.«

»Was hat denn dein Vater dazu gesagt?«

»Alles, was Mama mir je über meinen Vater erzählt hat, ist, daß er ein Arschloch sei und daß mir das genügen müsse.«

»Du hast ihn nie gesehen?«

»Nein. Als Kind dachte ich, er sei tot. Später hat mir Mama erzählt, daß er nichts mit mir zu tun haben wollte. Irgendwann wollte er seine Tochter dann mal sehen, aber da hat Mama sich quer gestellt. Sie haßt ihn.«

»War er ein … ein Kunde von deiner Mutter?«

»Keine Ahnung. Es hat mich nie interessiert. Was mich betrifft, habe ich einfach keinen Vater.«

»Das muß seltsam sein.«

»Vergiß es. Meine Mutter und ich, wir haben nie etwas vermißt.«

»Kamt ihr denn klar, so ganz alleine?«

Sie lachte verächtlich. »Warum denn nicht? Mama hat gut verdient. Sie brauchte keine Hilfe. Bestimmt keine von irgendwelchen Männern. Alles, was sie brauchte, war ihr Geld. Und das hat sie sich geholt. Und ich hab früh gelernt, auf eigenen Beinen zu stehen.«

»Klingt, als hättest du gar keine Kindheit gehabt.«

»Doch, die hatte ich. Mama hatte einen riesigen Kleiderschrank und so einen altmodischen Schmink- und Frisiertisch mit 'nem großen Spiegel. Wenn sie außer Haus war, habe ich mich da immer dran gesetzt und mit ihrem Make-up experimentiert. Habe ihre Kleider aus dem Schrank geholt und die hochhackigen Schuhe und alles vor dem Spiegel anprobiert. Sie hatte auch falsche Wimpern und unzählige Perücken. Ich hab alles durchprobiert. Hat mir zwar alles nicht gepaßt, aber ich fand es trotzdem toll.« Sie kicherte. »Eigentlich wollte ich Model werden.«

»Warum hast du's nicht getan?«

»Na ja, es kam was dazwischen.«

»Scheint so, als käme immer allen irgendwas dazwischen.«

»Ich wurde älter und größer und wenn die Kunden meiner Mutter zu uns kamen, hat sie versucht, mich zu verstecken. Aber es klappte natürlich nicht immer.«

Mein Unterbewußtsein beschwor wieder Bilder herauf, die sich weigerten, Gestalt anzunehmen. »Oh Gott«, sagte ich.

»Sie waren immer sehr nett zu mir«, sagte sie. »Sie steckten mir Geld zu oder Süßigkeiten. Ich mußte nichts dafür tun. Einfach nur freundlich lächeln. Ich wußte natürlich so etwa, was sie mit Mama machten. Soweit man sich das in dem Alter überhaupt vorstellen kann. Aber ich hatte nichts gegen sie. Einige mochte ich sogar.«

»Und deine Mutter?«

»Sie hat versucht, sie von mir fernzuhalten. Aber irgendwann habe ich mich selbst ins Spiel gebracht. Ich wußte, daß was für mich dabei rausspringt, wenn ich mich entsprechend in Szene setze. Ich habe Faxen gemacht oder einfach ein Lächeln aufgesetzt. Irgendwann habe ich quasi bei Mama mitverdient.«

»In den Beruf hineingeboren«, murmelte ich. »Scheiße.«

»Mama hat es nicht gefallen, aber sie konnte nichts dagegen machen. Als ich siebzehn war, hat mich einer ihrer Stammkunden hinter ihrem Rücken angebettelt, mit ihm ins Bett zu gehen. Ich hab natürlich abgelehnt, aber er hat mir immer mehr Geld geboten, und als er bei tausend Mark war, hab ich mich darauf eingelassen.«

»Tausend Mark?«

»Ja. Mama war stinksauer, als sie es herausbekommen hat. Bei ihr hat er selbst für eine ganze Nacht nie mehr als Dreihundert bezahlt. Na ja. Mit achtzehn habe ich mir dann einen Job in einem renommierten Hamburger Bordell gesucht. Dort habe ich mir den Namen Melinda zugelegt. Zwei Jahre später bin ich zu dem Begleitservice gewechselt. Die hatten sehr gute Kunden aus Politik und Wirtschaft. Ich habe dort fünf Jahre gearbeitet, hatte zwei bis vier Termine im Monat und konnte davon gut leben. Dann kam Blacky und seitdem bin ich in Wiesbaden ...« Sie lachte. »Da hast du meinen Lebenslauf.«

»Und diese Geschichte mit dem Stammkunden von deiner Mutter, war das ...«

»Was?«

»Na, ich meine, war das dein erstes Mal überhaupt mit 'nem Mann?«

»Klar, war es. Ich hatte vorher nie irgendwas mit Jungs zu tun. Die mochte ich überhaupt nicht. Aber Mama hatte mir genug erzählt, damit ich wußte, worauf ich achten muß. Wahrscheinlich stellt man sich das erste Mal im Allgemeinen romantischer vor, aber mir erschien es ganz natürlich. Anders als die meisten anderen Mädchen hatte ich zumindest was davon – einen Tausender.«

Ich schüttelte ungläubig den Kopf.

»Ich weiß, daß das nicht besonders schön klingt.« Sie zuckte mit den Schultern. »Manchmal denke ich selbst, ich müßte irgendwas vermissen. Sentimentale Erinnerungen an unschuldige Knutschereien oder so was, aber ehrlich gesagt vermisse ich überhaupt nichts. Verknüpfst du irgendwelche unsterblichen Erinnerungen mit deinem ersten Mal?«

Ich starrte aus dem Fenster und versuchte, nicht rot zu werden. »Mein erstes Mal war 'ne Besoffene, die ich im Taxi nach Hause gefahren hab und die nicht alleine ins Bett wollte. Sie war wahrscheinlich fast doppelt so alt wie ich.«

»Wie alt warst du denn damals?«

Jetzt wurde ich doch noch rot. »Einundzwanzig.«

Sie nickte, wahrscheinlich dankbar für die Bestätigung, die ich ihr geliefert hatte. »Meine romantischsten Kindheitserinnerungen sind die Träume, die ich mir zurechtgebastelt habe, wenn ich allein war. Wenn Mama mit den Kunden beschäftigt oder ausgegangen war. Ich habe mich mit ihrer Haarbürste vor den Spiegel gestellt und zu ihren Schallplatten gesungen. Habe mir vorgestellt, ich wäre Billie Holiday oder Ella Fitzgerald. Ich wollte unbedingt schwarz sein. Manchmal hab ich mir sogar Schuhcreme ins Gesicht geschmiert. Aber nicht oft. Die ging nämlich so schwer wieder ab, und ich mußte sie auf jeden Fall entfernt haben, bis Mama wieder da war.«

Ich lachte.

»Und du?« fragte sie.

»Ich weiß nicht. Ich hab viel gelesen. Die anderen nannten mich immer den Stubenhocker.«

»Hast du dich nie für Musik begeistert?«

Ich schüttelte den Kopf. Dann ging ich zum Regal, wo mein kleiner Cassettenrecorder stand und nahm die Hülle des Originals meiner Beethovencassette in die Hand.

»Das ist die einzige Musik, die ich höre.«

»Beethoven?«

»Der größte Komponist aller Zeiten.«

»Und sonst hast du überhaupt keine Musik hier?«

Ich schüttelte den Kopf.

»Schade«, sagte sie. »Zuhause höre ich immer Cassandra Wilson, wenn ich in der Badewanne liege.«

»Mit 'ner Badewanne kann ich leider auch nicht aufwarten.«

»Macht nichts. Aber weißt du, was ich dringend bräuchte?«

»Was denn?«

»Was anderes zum Anziehen.« Sie sah an sich herunter. »Ich müßte mal aus dem Kleid rauskommen.«

Aus dem Kleid rauskommen. Ich versuchte mir das vorzustellen.

»Ich kann dir was von mir geben«, schlug ich vor und wollte schon zum Kleiderschrank ins Schlafzimmer gehen, als mir klar wurde, daß sie in meine Hosen wahrscheinlich zweimal reinpaßte.

Sie lächelte. »Hast du noch ein paar von deinen Kindersachen?«

Ich schüttelte nur meinen Kopf, der bereits zum zweiten Mal innerhalb weniger Minuten rot wurde.

»Ich dachte, du könntest mir vielleicht eine Jeans, ein T-Shirt und ein Paar Turnschuhe besorgen«, sagte sie. »Wenn es dir keine Umstände macht.«

»Soll ich die Sachen aus deiner Wohnung holen?«

»Nein, das wäre keine gute Idee. Bestimmt lungert da einer von Blackys Leuten rum. Ich dachte, du könntest mir was kaufen. Ich gebe dir das Geld.«

»Okay. Ich muß sowieso gleich los zur Arbeit. Ich kann dir unterwegs was besorgen. Was hast du denn für 'ne Größe?«

»Die Jeans 26–30, das T-Shirt M und die Schuhe 38.«

90–60–90 hätte es wahrscheinlich auch getroffen. Aber ging man mit solchen Angaben Kleider kaufen?

7

Ich kam ins Schwitzen. Die langen Reihen der Kleiderständer. Die vielen Menschen. Das grelle Licht. Es war ein vorschnell gegebenes Versprechen, ihr etwas zum Anziehen zu kaufen. Ich konnte doch kaum für mich selbst etwas kaufen, wie sollte ich da etwas für sie aussuchen, worin sie nicht unmöglich aussehen würde?

Sie hatte mir zweihundert Mark gegeben, ich mußte also nicht geizig sein. Aber das war nicht das Problem. Das Problem war vielmehr, daß ich selbst für die anderthalb Frauen, von denen man sagen könnte, daß ich so etwas wie eine Beziehung mit ihnen gehabt hatte, nie etwas zum Anziehen gekauft hatte. Und keine der beiden hatte so viel Stil gehabt wie Martina.

Ich spielte mit dem Gedanken, das Kaufhaus zu verlassen und Martina eine Ausrede aufzutischen, die etwa so lautete, daß ich so schnell wie möglich aufs Taxi gemußt hatte, weil dienstags immer ganz besonders viel zu tun war. Eine Verdrehung der Tatsachen um hundertachtzig Grad, aber was soll's. Ich war nicht besonders scharf darauf, daß sie das Glitzerkleid und die hochhackigen Schuhe gegen Jeans, T-Shirt und Turnschuhe vertauschte. Ich konnte sie mir in so etwas gar nicht vorstellen. Schon gar nicht in Jeans, T-Shirt und Turnschuhen, die *ich* ausgesucht hatte.

Während ich unwirsch die blauen Hosen auf der Stange hin und her schob, fiel mir unser Gespräch wieder ein. Hatte ich ihr wirklich von meinem ersten Mal erzählt? Mir stockte der Atem. Eine Ladung Blut schoß mir ins Gesicht, mir wurde leicht schwindlig, und genau in dem Moment kam eine junge Verkäuferin vorbei.

»Kann ich Ihnen helfen?« fragte sie.

»Nein«, stammelte ich. »Es geht schon. Mir ist nur etwas heiß.«

Erst nachdem sie weg war, ging mir auf, daß sie mir bei der Auswahl einer Hose hatte helfen wollen.

Nach einer qualvollen Stunde verließ ich das Kaufhaus mit einer Levi's, einem dunkelgrünen T-Shirt und einem Paar weißer Turnschuhe. Ich war schweißgebadet und mein Atem ging schwer. Noch war ich nicht sicher, ob ich die Sachen tatsächlich Martina geben würde. Bestimmt hatte sie zuhause einen Kleiderschrank, dessen Inhalt mir den Atem geraubt hätte. Und hier kam ich nun mit meiner bescheidenen Auswahl aus dem Kaufhaussortiment. Ich fühlte mich wie ein Trottel.

Da sich genau vor dem Haupteingang des Hauses der Taxihalteplatz Schulgasse befand, entschied ich mich für den Seitenausgang. Das fehlte noch, daß mich einer der Kollegen mit der großen Tüte sah und Fragen stellte.

Es war nach sieben, als ich endlich vor der Zentrale ins Taxi stieg. Nachdem ich die Tür des Wagens zwischen mir und dem hektischen Treiben der Tagwelt geschlossen hatte, war mir wohler. Ich fuhr los in eine neue Runde des großen Spiels um die lukrativsten Fahrten, die meisten Fahrgäste und die größten Trinkgelder.

Die Tagmenschen spulten ihr Pensum runter und erhielten am Monatsende ihre Lohntüte. Ich bekam den Lohn für meine Arbeitsleistung sofort. Bar auf die Kralle. Vierzig Prozent vom Umsatz waren mir. Plus das, was ich unter Umgehung der Uhr in die eigene Tasche fuhr. Plus die Trinkgelder.

Es war wie beim Roulette. Man setzte was ein und man bekam etwas raus. Wenn es gut lief, konnte man sich beruhigt zurücklehnen und der Dinge harren, die da kamen, und wenn es schlecht lief, mußte man eben die Taktik ändern.

Für diese Schicht würde ich in die Offensive gehen müssen. Ich hatte einiges aufzuholen aus den letzten beiden Nächten, in denen mich die Geschichte mit Martina abgelenkt hatte.

Zunächst fuhr ich einige der Malocher und Bürohengste, die sich nach Feierabend ein paar Biere gegönnt hatten, nach Hause zu ihren keifenden Weibern und dem inzwischen kalt gewordenen Abendessen. Sie erzählten alle dasselbe mit anderen Worten. Ohne hinzuhören sagte ich allen, was sie hören wollten.

Als der fünfte von der Sorte zu mir in den Wagen fiel, lagen meine Nerven bereits blank. Und dieser hier schien sich ein paar Biere mehr gegönnt zu haben. Mit ihm mußte ich auch nicht mehr reden, weil er das nicht mehr konnte. Den Namen seiner Straße bekam er noch mit Müh und Not heraus, dann schlief er ein. Er grunzte wie ein Schwein und sah auch so aus. Ein Stück Schlachtvieh, das darauf wartete, ausgenommen zu werden.

Auf großzügigen Umwegen fuhr ich ihn in die genannte Straße, während er in seinen Träumen von der Frührente weilte. Als wir angekommen waren, weckte ich ihn.

»Sind wir schon da?« wunderte er sich.

Ich mußte lachen. Er lachte mit, verstummte aber sofort, als er den Fahrpreis sah.

»Wollen Sie mich verarschen? Ich fahr die Strecke jeden Tag, das kann überhaupt nicht sein. Das bezahl ich nicht. Ich ruf die Polizei, das ist ja Wegelagerei, was Sie hier betreiben!«

Er schien auf einmal erstaunlich nüchtern zu sein. Ich hatte die Situation wohl falsch eingeschätzt.

»In Ordnung«, sagte ich. »Vielleicht hab ich mich tatsächlich etwas verfahren. Ich wußte nicht genau, wo Ihre Adresse liegt. Geben Sie mir einfach das, was Sie sonst auch immer bezahlen.«

Das Ganze war typisch. Die Leute reagierten allergisch auf Beschiß. Dabei war doch das ganze Leben ein einziger Beschiß. Den großen Beschiß, den schluckten sie, weil sie wußten, daß sie nicht gegen ihn ankamen. Aber bei einem kleinen Beschiß verloren sie die Beherrschung. Weil sie hier endlich mal auf den Putz hauen, endlich mal so richtig Dampf ablassen konnten. Wie wir das wohl alle von Zeit zu Zeit tun müssen. Ein Trauerspiel.

8

Ich wollte mich von dem Ort fernhalten, aber er schien mich anzuziehen. In der ausgestorbenen Mainzer Straße bildeten die abgedunkelten Fenster, aus deren Ritzen rotes Licht drang, das einzige Lebenszeichen in der Nacht. Jedesmal, wenn ich in Richtung Biebrich oder Mainz aus der Stadt herausfuhr, saugte sich mein Blick daran fest. Die Wirkung war hypnotisch. Irgend etwas gab es hier noch für mich zu tun.

Als ich gegen zwei Uhr von einer Tour nach Mainz zurückkam, machte ich einen verbotenen U-Turn auf der Mainzer Straße und bog auf den Parkplatz hinter dem Gebäude ein. Ich sah auf die Uhr und gab mir eine Viertelstunde. Wofür wußte ich nicht genau. Aber in spätestens fünfzehn Minuten würde ich hier verschwinden und mich wieder darum kümmern, Geld zu verdienen.

»Da mußt du rüber ins Büro«, hatte die Brünette gesagt, als ich sie nach Martina fragte.

Mein Blick glitt vom Haupteingang nach rechts an der Fassade entlang. Eine kurze Treppe abwärts, dann ein roter Neonpfeil, der nach unten auf eine Tür zeigte. Über dem Pfeil das Wort »Sauna«. Noch etwas weiter rechts der nächste Pfeil, die nächste Tür. Hier ging es zur »Bar«. Dann eine kurze Treppe aufwärts und mein Blick wanderte ebenerdig weiter, entlang der Fassade, die einen Rechtsknick machte und kurz vor ihrem Ende noch einen Eingang aufwies, der von einem dieser schwenkbaren Schlachtereivorhänge geziert wurde. Dort mußte man das Gebäude am anderen Ende des kalten Kachelschlauchs betreten, durch den kleinen Raum mit Sofa und viel buntem Licht. Egal wie, um zum Büro zu gelangen, würde ich noch einmal Spießruten laufen müssen. Und was dann? Nach Melinda fragen? Nach Blacky?

Während ich noch überlegte, was ich tun sollte, um was zu tun ich überhaupt hierher gekommen war, schwang der Schlachtereivorhang zur Seite und heraus traten drei Männer. Drei Staturen wie Orgelpfeifen. Der Größte von ihnen war ein drahtiger Kerl in Jeans und schwarzer Lederjacke. Von dem dünnen, hellen Haar auf seinem kantigen Schädel schien ihm schon einiges ausgefallen zu sein. Der Mittlere hatte einen schwarzen Anzug an und darunter ein leuchtend rotes Hemd, das ihm bis über die Brust offen stand. Er trug sein silbriges, schulterlanges Haar in einem Zopf. Der Kleinste sah aus wie eine Bowlingkugel. Kräftig, untersetzt, mit einem schwarzen Schnurrbart und schwarzem Kraushaar, das wie ein Lorbeerkranz um seinen Kopf lag. Seine Lederjacke sah aus wie die von dem Großen.

Der Kerl in dem Anzug redete auf die beiden anderen ein. Seine ausschweifende Gestik verriet den Großkotz. Blacky. Er mußte es sein. Und die anderen beiden waren vermutlich seine Handlanger. Echte Ganovenvisagen.

Ich ließ das Fenster runter, um zu hören, worüber sie redeten, aber ich konnte nur ein paar belanglose Satzfetzen aufschnappen. Der Name Martina oder Melinda war nicht darunter.

Die drei gingen zu einem schwarzen BMW, der Kleine, der aussah wie eine Bowlingkugel, öffnete die Tür, beugte sich ins Wageninnere, holte etwas heraus und schlug die Tür wieder zu. Dann verschwanden sie die Treppe hinauf durch das Hauptportal.

Ich wartete bis zum Ende der fünfzehn Minuten, die ich mir gegeben hatte, dann ließ ich den Motor an und fuhr weg.

Ich hatte alles daran gesetzt, noch ein bißchen was von dem spärlichen Geld aufzuklauben, das die Tagmenschen bereit waren, in dieser Nacht zu verschleudern. Allzu viel war das jedoch nicht gewesen, und so war ich nicht unbedingt in Hochstimmung, als mich Jürgen zur Zeit der Morgendämmerung wissen ließ, mein Tagfahrer warte schon wieder auf sein Auto und ob ich denn vergessen hätte, daß um sechs Uhr Schichtwechsel sei.

Ich sah auf meine Armbanduhr. Viertel nach sechs. Ich schüttelte den Kopf. Die Uhrzeit wollte einfach nicht zu dem Umsatz passen, den mir mein Taxameter anzeigte. Der Tagfahrer brummte mich an, als er mit seiner Tasche und seiner Thermoskanne auf mich zu kam, aber ich ignorierte ihn.

Dafür begrüßte ich Art, der auch grade auf dem Weg in den Feierabend war. Im Gegensatz zu mir schien er bester Laune. Beflügelt von einer die Sinne stimulierenden Zahl auf seinem Abrechnungszettel, vielleicht aber auch nur von einer Prise Koks.

»Morgen, Matthias. Wie geht's Martina?«

Ich hielt in der Bewegung inne. Wie jemand, den man mit der Hand im Sahnetopf erwischt hatte. Dann fiel mir ein, daß ich ihm von ihr erzählt hatte.

»Ganz gut«, sagte ich.

Er grinste breit. »Und dir?«

»Geht so.«

»Läuft's nicht so, wie du's gerne hättest?«

»Nein. Ich hab die letzten drei Nächte jeweils unter zweihundert Mark gefahren.«

»Na ja, wie sagt man: Pech im Spiel, Glück in der Liebe.«

»Vergiß es. Ich hab dir schon gesagt, daß ich ihr nur helfe.«

»Ist sie denn immer noch bei dir?«

»Ja. Aber sag mal, du kennst dich doch in dem Milieu etwas aus. Hast du schon mal was von einer Melinda gehört?«

»Melinda? Wer soll das sein?«

»Sie arbeitet im Begleitservice vom Crazy Sexy.«

»Hey, für wen hältst du mich? Rockefeller? Begleitservice, das ist was für Leute mit Asche.«

»Ich dachte, du hättest sie vielleicht einfach mal so kennengelernt.«

»Nee. Fehlanzeige.«

»Und Blacky?«

»Den kenn ich. Jeder in Wiesbaden kennt ihn.«

»Hat er silbrige Haare und 'nen Zopf?«

»Genau. Und mit bürgerlichem Namen heißt er Rainer. Rainer Gundlach.«

»Hältst du es für möglich, daß er in irgendwelche kriminellen Geschäfte verwickelt ist?«

»Kann schon sein. Er ist nicht unbedingt als Kind von Traurigkeit bekannt.«

»Ich hab ihn mit zwei Typen gesehen, die mir nicht ganz koscher vorkamen. Ein großer Drahtiger und ein kleiner Dicker. Sahen beide nach 'n paar Jahren Knast aus.«

»Offiziell ist Blacky nur der Chef vom Crazy Sexy. Was er noch so laufen hat, weiß ich nicht. Aber wenn er was laufen hat, dann macht er sich bestimmt nicht selbst die Finger schmutzig. Dazu haben ihn die Bullen zu sehr unter der Lupe.«

»Meinst du, man könnte ihm irgendwas nachweisen? Mädchenhandel vielleicht?«

»Keine Ahnung. Wieso interessiert dich das denn? Wegen deiner Kleinen?«

»Sie ist nicht meine Kleine. Aber sie hat Angst vor diesem Blacky. Sie glaubt, daß er nach ihr suchen läßt.«

»Und du willst ihn in seine Schranken weisen?«

»Wenn man was gegen ihn in der Hand hätte, könnte man ihn zwingen, sie in Ruhe zu lassen.«

»Die Frau muß ja ganz schön was hermachen, daß du dich so für sie ins Zeug legst. Stellst du sie mir mal vor?«

»Sie verläßt die Wohnung überhaupt nicht.«

»Schade. Aber ich kann mich ja mal für dich umhören. Wenn ich irgendwas rauskriege über Gundlach und die beiden Ganoven, sag ich dir Bescheid.«

Ganz vorsichtig drehte ich den Schlüssel im Schloß, öffnete die Tür behutsam und setzte meine Füße im Flur so sachte wie möglich auf. Ich setzte die Tüte mit den Einkäufen ab, zog sofort die Schuhe aus und schlich mich auf Socken in die Küche, um mir mein Feierabendbier aus dem Kühlschrank zu holen. Ich ging davon aus, daß Martina wieder auf der Couch im Mittelzimmer schlief und wollte sie nicht wecken. Aber als ich auf Zehenspitzen in das Zimmer trat, fand ich sie mit einem Buch in der Hand dort sitzend.

»Du bist noch auf?«

»Ja, ich konnte einfach nicht aufhören zu lesen.«

Das Buch in ihrer Hand war »Voss«, ein Fünfhundertseitenwälzer von Patrick White über einen deutschen Forscher, der sich im neunzehnten Jahrhundert zu einer Expedition durch das australische Outback aufmacht, von der er nicht mehr zurückkehrt.

»Da hast du dir ja was vorgenommen«, sagte ich.

Sie nickte. Dann legte sie ein Stück Papier als Lesezeichen zwischen die Seiten und klappte das Buch zu. Ich sah, daß sie bereits über hundert Seiten gelesen haben mußte.

»Hast du daran gedacht, mir was zum Anziehen mitzubringen?«

»Die Sachen stehen im Flur. Ich weiß aber nicht, ob sie dir gefallen.«

»Ich bin wahrscheinlich nicht halb so eitel, wie du denkst. Zuhause laufe ich nie anders als in verbeulten Jeans und schlabberigen T-Shirts rum.«

»Aber hier bist du nicht zuhause.«

»Stimmt«, gab sie zu und es klang, als würde es ihr eben erst bewußt.

Ich holte ihr die Sachen und sie ging damit nach nebenan ins Schlafzimmer. Als sie wieder hervor kam, sah sie aus wie eins dieser Models, die man in die Werbefotos für Wohnzimmereinrichtungen plazierte: *Hier bin ich Mensch, hier fühl ich mich wohl.* Sie hatte ihre Haare zu einem Pferdeschwanz zusammengebunden, wodurch ihr Gesicht mit den hohen Wangenknochen besonders zur Geltung kam. Die blauen Flecke waren dezent überschminkt und sie sah aus wie eine Blume, kurz bevor sie sich dem Licht öffnet.

Die Jeans waren nicht verbeult, dafür waren sie noch zu neu, und das T-Shirt schlabberte nicht, dafür war es schlicht zu klein. Um genau zu sein, war es so klein, daß sich die Rundungen ihres Körpers Zentimeter für Zentimeter darunter abzeichneten.

»Ich hab es in M gekauft«, beteuerte ich. »Genau wie du gesagt hast.«

»Du meinst das T-Shirt?«

Ich nickte.

»Findest du es zu klein?«

»Ich weiß nicht. Was ist mit dir?«

»Ich fühl mich wohl drin«, sagte sie und strich mit den Händen darüber.

Ich setzte mich auf die Couch und nahm einen Schluck aus meiner Bierdose.

»Heute schlaf ich wieder hier«, sagte ich. »Du kannst das Bett haben.«

»Das ist nicht nötig.«

»Doch. Ich muß bestimmt noch ein paar Mal raus.«

»Was hast du denn vor?«

»Trinken. Und zwischendurch pinkeln.«

»War die Arbeit so schlimm?«

»Nicht schlimmer als sonst.«

»Hast du für mich auch noch was zu trinken? Dann kannst du mir davon erzählen, wenn du willst.«

Ich holte ihr eine Dose Bier und ein Glas dazu und überlegte, was ich ihr erzählen sollte. Meinen Abstecher zum Crazy Sexy wollte ich lieber nicht erwähnen und ich wollte sie auch nicht mit Details aus dem Taxialltag langweilen. Wenn ich es mir genau überlegte, gab es nichts Erzählenswertes. Jemandem, der die Taxiwelt nicht von innen kannte, mußte die Monotonie ihrer immer gleichen Abläufe und Beschwernisse vollkommen unerträglich erscheinen. Ich selbst konnte das Gerede der Kollegen über die Fahrgäste, die Bullen und die Chefs schon seit Jahren nicht mehr hören.

»Weißt du«, setzte ich an, »ich komme mir einfach unterbezahlt vor. Für das, was ich mir von den Leuten gefallen lasse, müßte ich eigentlich 'ne Zulage kriegen. So 'ne Art Schmerzensgeld.«

Sie nickte. »Das Gefühl kenne ich.«

»Aber du scheinst doch ganz gut zu verdienen.«

»Gut ja, aber nicht angemessen.«

Jetzt nickte ich. Um zu verhindern, daß sie weiterredete und mir womöglich Details lieferte, stand ich auf und holte mir ein neues Bier aus dem Kühlschrank.

»Es liegt an der Nacht, an der Dunkelheit«, sagte ich, zurück auf der Couch. »Die meisten Leute leben tagsüber. Und die Nacht nutzen sie, um den Haß loszuwerden, den sie den ganzen Tag über angesammelt haben und nicht rauslassen durften. Weil am Tag immer jemand da ist, vor dem sie sich in Acht nehmen, oder auf den sie Rücksicht nehmen müssen. Aber nachts, da lassen sie's dann raus. Ungefiltert.«

»Und du kriegst es ab.«

»Mhm.«

»Wie gehst du damit um?«

»Wenn's richtig gut gelaufen ist, besänftigt einen das Geld. Wenn nicht, dann das hier.« Ich tippte an die Bierdose.

»Hast du nicht manchmal Rachephantasien?«

Ich mußte lachen. »Und wie. Ich bin eigentlich kein gewalttätiger Mensch, aber wenn ich mir vorstelle, was ich gerne mit den Leuten machen würde, geht's echt mit mir durch.«

Sie lachte mit. »Weißt du, da gab es mal einen, so einen Fettsack, der hat mich wirklich unglaublich behandelt. Zum Bumsen war ich ihm gut genug, aber er hat mich jede Sekunde spüren lassen, was er von Frauen wie mir hält. Ich bin tagelang mit der Vorstellung durch die Gegend gelaufen, wie ich ihn an seinen Eiern aufhänge und seinen fetten Bauch als Sandsack benutze.«

Ich verschluckte mich an meinem Bier und prustete los. »Also auf so was bin ich noch nie gekommen!«

»Was ist denn deine liebste Gewaltphantasie?«

»Ihnen den Schädel durch die Windschutzscheibe zu hauen und sie dann an den Wagen gebunden durch die Stadt zu schleifen.«

»Auch nicht schlecht.«

Wir lachten ausgiebig und betrieben dieses Spielchen noch eine Weile weiter: Kastrationen, Kopfschüsse, Elektroschocks und Zähneziehen ohne Narkose. Wir schaukelten uns gegenseitig hoch, bis uns irgendwann die Augen zufielen.

»Willst du wirklich auf der Couch schlafen?« fragte sie.

»Ja. Und du brauchst dich auch nicht um das Frühstück zu kümmern. Morgen ist Mittwoch. Das heißt, eigentlich heute. Und Mittwochs hab ich frei.«

9

Bis ich hochkam, hatte sie das Frühstück natürlich doch schon wieder auf dem Küchentisch. Es war halb vier und durch das Fenster zeichnete sich ein grauer, regnerischer Tag ab. Martina lächelte mich an und für einen kurzen, absurden Moment wünschte ich mir, jeden Tag mit dem Blick auf ein solches Lächeln zu beginnen. Mir fiel auf, daß das Grün ihrer Augen zu dem T-Shirt paßte, das ich ihr gekauft hatte.

»Sag mal«, wollte sie wissen, »benutzt du deinen Herd eigentlich nie?« Sie zeigte auf das alte Gasgerät in der Ecke neben der Tür. »Ich habe die ganze Küche durchsucht und außer den paar Eiern, die ich schon vorgestern gebraten habe, nichts gefunden, was man kochen könnte.«

»Ich esse immer unterwegs.«

»Im Taxi?«

»Ja.«

»Was denn? Currywurst mit Pommes frites?«

»Warum nicht?«

»Also, wenn du einkaufen gehst, kriegst du heute was anderes.«

Sie hielt mir einen Einkaufszettel hin: *2 Hähnchen, 250 gr. Räucherspeck, 1 Flasche Weinbrand, 1 Flasche Rotwein, Lorbeerblätter, 1 Dose Champignons, 1 gr. Zwiebel, 1 Pckg. Mehl, 1 Pckg. Toastbrot.*

»Das sieht aber teuer aus.«

Sie machte eine wegwerfende Handbewegung. »Ich bezahle.«

»Und was soll das werden?«

»Coq au vin.«

»Soll ich nicht vielleicht einfach 'ne Pizza bestellen?«

»Traust du meinen Kochkünsten nicht?«

»Doch. Aber ich mach mir langsam Sorgen um deine Finanzen.«

Sie holte ihre Handtasche hervor und fischte einen Hunderter heraus.

Ich schüttelte den Kopf. »Ist das so 'ne Art Zauberhandtasche, die sich immer wieder neu füllt, oder schleppst du deine ganzen Ersparnisse mit dir rum?«

»Keins von beidem.«

Ich nahm den Schein und steckte ihn zusammen mit der Einkaufsliste weg.

Nach dem Frühstück besorgte ich ihr die Sachen aus dem Supermarkt und sie fing an zu kochen. Dazu band sie sich die Schürze um, die mir meine Mutter irgendwann mal geschenkt und die ich noch nie benutzt hatte. Ich ging nach nebenan, um ihr nicht im Weg zu sein. Ich fühlte mich etwas unbehaglich in Gegenwart dieser beschürzten Frau, die meine Küche innerhalb weniger Tage in Besitz genommen hatte. Dabei war sie doch ursprünglich eine Prostituierte in einem schillernden Abendkleid gewesen.

Ich legte Beethovens Fünfte in den Cassettenrecorder, um das Geklapper aus der Küche zu übertönen. Nachdem die Cassette durchgelaufen war, machte ich den Fernseher an. Alle Sender brachten das gleiche: sogenannte Vorabendserien, die die Leute wohlbehütet in den Feierabend gleiten lassen sollten. Ich hatte meinen freien Tag und keinen Sinn für diese bemühten Nachstellungen des Alltags.

Nachdem ich den Fernseher wieder ausgeschaltet hatte, fiel mir das Buch auf, das Martina auf dem Regal hatte liegen lassen. »Voss«. Ihr Lesezeichen steckte an der Stelle, wo Johann Ulrich Voß und seine Mannschaft nach Newcastle in See stechen, der ersten Station auf ihrem Weg quer durch den australischen Kontinent. Ich blätterte ein bißchen weiter, als Martina ins Zimmer kam, in der Hand ein Glas Rotwein.

»Es war noch ein Rest in der Flasche«, sagte sie. »Willst du auch welchen?«

»Warum nicht.«

Sie holte mir ein Glas und ich setzte mich damit auf die Couch.

»Das Huhn muß jetzt etwa eine Stunde kochen«, sagte Martina. »So lange müssen wir uns gedulden.«

»Kein Problem. Das Frühstück ist ja grade mal zwei Stunden her.«

Martina ging zum Fenster und sah hinaus. »Was ist eigentlich mit dem Grundstück nebenan? Steht das schon lange leer?«

»Etwa ein halbes Jahr. Das Haus, das da stand, wurde abgerissen.«

»War es so baufällig?«

»Es war alt. Aber nicht baufällig. Das Haus auf der anderen Seite steht bereits leer, das ist als nächstes dran.«

»Dann wird dieses Haus hier bald zwischen zwei leeren Grundstücken liegen?«

»Genau. Und noch ein Weilchen später werden es drei leere Grundstücke nebeneinander sein.«

»Das heißt, du mußt hier raus?«

Ich nickte. »Mein Mietvertrag läuft noch etwas mehr als ein Jahr. Dann muß ich mir was Neues suchen. Vier von den Wohnungen hier im Haus stehen schon leer. Die restlichen werden im Lauf des nächsten Jahres geräumt. Der Vermieter hat das Grundstück verkauft. Wenn die Gerüchte stimmen, kann er sich mit dem Geld zur Ruhe setzen. Das ganze ist Teil eines Landesbauprojektes, das der Allgemeinheit zugute kommen soll. Da spielt so was wie Mieterschutz natürlich plötzlich keine Rolle mehr.«

Meine Stimme war lauter geworden. Martina sah mich an, wartete, daß ich weiter redete.

»Es sollen neue Mietshäuser gebaut werden, gegen die die alten Klitschen hier nicht anstinken können. Außerdem Gewerbeflächen, um das Westend ›geschäftlich zu beleben‹, wie sie's nennen. Dafür müssen die Leute, die jetzt hier wohnen, eben weichen. In der Stadt gibt es zwar kaum noch Wohnungen, die genauso billig sind, aber in den Siedlungen vor der Stadt ist noch Platz. Das Ganze soll sozial verträglich sein, weil die gesetzlichen Kündigungsfristen eingehalten werden. Ein paar von den alten Leutchen, die schon ihr halbes Leben hier wohnen, haben sie Plätze in betreuten Heimen angeboten, unter etlichen Vergünstigungen, wenn sie die Wohnungen früher räumen.«

Sie schüttelte langsam den Kopf.

»Hast du dich schon nach einer neuen Wohnung umgesehen?«

»Ich hab keine Lust dazu. Sich mit Maklern und Vermietern rumschlagen ... Mir graut davor.«

»Aber irgendwo mußt du doch hin, wenn sie das Haus abreißen.«

»Soll mir doch die Firma Heilmann 'ne Wohnung suchen.«

»Heilmann?«

»Das ist der Bauherr hinter dem Projekt.«

»Justus Heilmann!«

»Wer ist das?«

»Der Inhaber der Firma. Justus Heilmann, Bauunternehmer. Er ist Stammkunde bei uns.«

»Im Begleitservice?«

Sie nickte. »Ein unangenehmer Typ.«

»Das glaub ich unbesehen. Er ist wahrscheinlich der einzige, der von diesem Bauprojekt profitiert.« Ich hatte mir lange Zeit mit Zynismus ausgeholfen, jetzt regte ich mich doch noch auf. »Die Mieten für diese neuen Wohnungen wird sich niemand von den Leuten, die ursprünglich hier gewohnt haben, leisten können. Die werden aus dem Viertel gedrängt, damit die vorzeigbare Innenstadt expandieren kann. Daß das Land Hessen als Förderer für dieses Ding auftritt, ist ein Skandal. Es gab unzählige Proteste gegen das Projekt auf lokaler Ebene, aber das interessiert die Landesregierung natürlich nicht. Die Idioten, die dem zugestimmt haben, waren bestimmt nie hier und wissen überhaupt nichts über die Leute, die hier wohnen. Aber wahrscheinlich sind sie ganz dicke mit diesem Heilmann.«

Sie nickte langsam. »Jemand wie der hat überall Freunde.«

Ich mußte lachen. »Freunde nennst du das? Leute, die ihm zu Diensten sind, und dafür wahrscheinlich die Hand aufhalten!«

»So läuft's überall.«

Ich schaute aus dem Fenster in den sich langsam verdunkelnden Hinterhof. Vor der Mauer zum Nachbargrundstück standen die Mülltonnen. Hinter der Mauer gähnte ein großes Loch, das bis vor ein paar Wochen der Keller eines Wohnhauses gewesen war, und an dieses schloß sich eine Brandmauer an, deren Struktur noch erkennen ließ, wo die Mauern der ehemaligen Wohnungen verlaufen waren. Wohnungen wie meine. Zugige Fenster, von deren Rahmen die Farbe abblätterte. Knarrende Holzdielen, alte Gasöfen und das Klo auf dem Gang. Die Wohnungen von Menschen, deren Leben nicht glorios war. Aber vielleicht legten sie darauf auch gar keinen Wert.

»Besitz macht unfrei« sagte ich und drehte mich wieder zu Martina um.

Sie schaute mich fragend an.

»Ich stelle mir das Leben dieser Leute, dieser Heilmanns, sehr anstrengend vor«, erklärte ich. »Wenn man erst mal so viel hat, muß man immer aufpassen, daß es einem keiner wegnimmt. Und wahrscheinlich denkt man sich immer, es könnte noch mehr sein. Und um an noch mehr ranzukommen, muß man zu Tricks greifen. Und wenn man die Liste der erlaubten Tricks durch hat, wendet man sich den unerlaubten zu. Die anderen machen's schließlich auch und man will ja nicht ins Hintertreffen geraten. Irgendwann wird der Betrug dann zu einem festen Bestandteil des Lebens und man kann zwischen Täuschung und Wahrhaftigkeit gar nicht mehr unterscheiden.«

»Was ist das? Buddhismus?«

»Nein, bloß meine Privatphilosophie.«

»Klingt schön. Aber nicht sehr lebenstauglich.«

Ich zuckte mit den Achseln. »Ich lebe mein Leben für mich. Was die anderen machen, interessiert mich nicht.«

»Und wenn die anderen dir ins Gehege kommen? Die Fahrgäste, die Heilmanns?«

»Versuch ich sie nicht an mich ranzulassen.«

»Im Fall Heilmann wirst du damit keinen Erfolg haben. Er schmeißt dich aus deiner Wohnung, ob es dir paßt oder nicht.«

Ich wußte, daß sie recht hatte. Es funktionierte nicht. Mir fiel Hemingways »Wem die Stunde schlägt« ein. Es gab da dieses Zitat von John Donne, das dem Roman vorangestellt war. Es besagte in etwa, daß kein Mensch eine Insel sei, ein eigenes Ganzes, sondern bloß ein Teil des großen Ganzen. John Donne hatte vermutlich genauso recht wie Martina. Leider.

»Man muß denen, deren Methoden man ablehnt, etwas entgegensetzen«, sagte sie.

»Und was?«

»Man muß sie mit ihren eigenen Waffen schlagen.«

»Wie meinst du das?«

»Ihr Spiel mitspielen. Ihnen noch mehr abnehmen, als sie dir abnehmen. Meine Mutter war eine Meisterin darin. Die Freier dachten, sie kämen zu ihr, um zu nehmen, aber in Wirklichkeit hat sie sie dazu gebracht, ihr alles zu geben, was sie von ihnen wollte.«

»Ich glaube, so was liegt mir nicht.«

»Mit vierzig hatte sie ausgesorgt. Seitdem kann sie so leben, wie es ihr paßt.«

»Vierzig Jahre mitspielen, um sich für die restlichen zwanzig bis dreißig freizukaufen – meinst du, das lohnt sich?«

»Warum nicht? Wenn man es richtig macht, braucht man vielleicht gar keine vierzig.«

»Und dann?«

»Verwirklicht man seine Träume.«

»Klingt auch nicht unbedingt lebenstauglich. Zuerst beteiligt man sich am großen Beschiß, und wenn man genug abgesahnt hat, versucht man seinen Traum von einem ganz anderen Leben wahr zu machen. Wie soll das gehen in einer Welt, die vom Beschiß regiert wird und die man selbst jahrelang mitgetragen hat?«

»Man muß eben woanders hingehen.«

»Wohin denn?«

Sie trank den letzten Schluck Rotwein, faßte das leere Glas mit beiden Händen und machte ein paar Schritte von mir weg. Dann drehte sie sich um und sah mich an. »Nach Barbados.«

»Barbados?«

»Ja, in Westindien, auf den Antillen.«

»Sagt mir überhaupt nichts.«

»Aber du weißt, wo die Karibik ist?«

»So in etwa.«

»Die Antillen sind eine Inselkette in der Karibischen See, unterteilt in die großen und die kleinen Antillen. Die kleinen, zu denen Barbados gehört, liegen zwischen Puerto Rico und Venezuela. Und die unterteilt man wieder in die Inseln über dem Winde und die Inseln unter dem Winde.«

»Und Barbados? Liegt das über oder unter dem Wind?«

»Darüber. Es gehört zu den sogenannten Windward Islands.«

»Klingt ganz schön kompliziert.«

»Ist aber wunderschön.«

»Warst du schon mal dort?«

»Schon fünfmal. Zum ersten Mal vor vier Jahren und seitdem jedes Jahr mindestens einmal.«

»Und da ist es anders als hier?«

Sie nickte. »Allein schon das Klima. Und die Landschaft.«

»Und die Menschen?«

»Größtenteils Schwarze. Natürlich alles Nachkommen von Sklaven, aber heute haben sie dort die Unabhängigkeit. Sie sind zwar nicht reich, aber es geht ihnen gut.«

»Und was willst du da machen?«

»Ich möchte eine Bar aufmachen, in Bridgetown.«

»Eine Bar?«

»Ja, eine ganz normale Bar. Nichts mit Prostitution. Die Insel lebt zu einem großen Teil vom Fremdenverkehr, an zahlungskräftigen Kunden fehlt es also nicht. Und Bridgetown ist die Hauptstadt. Dort gibt es jede Menge Hotels, deren Gäste sich abends amüsieren wollen.«

»Was für eine Bar soll das denn werden?«

»Am liebsten würde ich sie ausstatten wie einen altmodischen Jazzclub.« Sie schaute an die Decke und ihre Augen funkelten. »Klein, verwinkelt und gemütlich. Mit einer langen Theke, Sitznischen, runden Tischen und einer kleinen Bühne, auf der die Hausband spielt. Ich würde hinter der Theke stehen und ein Auge auf alles haben, und die

Gäste würden kommen, um zu trinken und die Musik zu hören. Und wenn ich die Bar erst mal etabliert hätte und sie gut liefe, würde ich anfangen, ausländische Musiker für Gastspiele bei mir zu engagieren.«

»Wen denn?«

»Cassandra Wilson. Davon träume ich. Weißt du, so eine beleuchtete Balustrade über dem Eingang mit dem Namen der Bar, und darunter: *presents Cassandra Wilson.*«

»Wer ist denn diese Cassandra Wilson?«

»Eine Jazzsängerin. Die beste. Von den Lebenden.«

»Und du meinst, die würdest du kriegen?«

»Es würde natürlich einiges kosten. Aber die ganze Bar läßt sich ohnehin erst realisieren, wenn ich das Startkapital zusammen habe.«

»Deswegen willst du dich selbständig machen?«

»Ja. Der Begleitservice läuft gut, aber solange ich die Einnahmen mit Blacky teilen muß, reicht es nicht. Außerdem leiste ich sowieso die ganze Arbeit. Er hält nur die Hand auf. Solange ich mit dem Kerl zusammenarbeite, bin ich abhängig von ihm. Für ihn bin ich immer noch die Nutte, die er sich aus Hamburg gekauft hat. Ich bin mir sicher, er wartet schon seit langem darauf, mir eins auszuwischen.«

»Wieso das denn?«

»Nachdem ich den Begleitservice für ihn auf die Beine gestellt hatte, habe ich ihm klar gemacht, daß ich im Bett für ihn nicht mehr zu haben bin und daß ich, wenn ihm das nicht paßt, zurück nach Hamburg gehe. Er mußte es akzeptieren, weil er genau weiß, daß er auf meine Arbeit nicht verzichten kann. Der Begleitservice wirft gute Gewinne ab und er braucht nicht einen Finger dafür krumm zu machen. Wir sind Geschäftspartner, aber er haßt mich.«

»Hast du oft mit ihm geschlafen?«

Sie hob die rechte Hand und spreizte vier Finger ab. »Wenn man die zwei, drei Mal nicht mitzählt, die er in Hamburg Kunde bei mir war. Da hat er dafür bezahlt. Und die vier Mal, seit ich für ihn arbeite, waren auch nicht umsonst. Einmal habe ich die Wohnung bekommen, dann ein Auto und zweimal teure Kleider. Wenn du ihn fragen würdest, waren das großzügige Geschenke, aber ohne diese Gegenleistungen hätte er von mir überhaupt nichts bekommen. Er ist wirklich der Letzte, dem ich es umsonst machen würde.«

»Warum hast du dich bloß mit diesem Typ eingelassen?«

»Ich verdiene mehr bei ihm, als ich vorher verdient habe. Deshalb. Ich hatte allerdings gedacht, daß ich mein Einkommen bei ihm im Laufe der Jahre noch steigern könnte, indem ich meinen Anteil am Gewinn prozentual zu der Arbeit, die ich leiste, raufsetze. Aber da läßt Blacky nicht mit sich reden. Er vermasselt mir meine ganzen Pläne.«

»Was für Pläne?«

»Ich wollte die Bar mit spätestens dreißig wahr werden lassen. Aber wenn es so weiterläuft wie bisher, werde ich das Geld bis dahin nicht zusammen haben.«

»Das sind aber ziemlich ehrgeizige Pläne.«

»Ja.«

Sie drehte ihr leeres Glas zwischen den Handflächen, stellte es dann auf das Regal und sah mich an. »Und du? Wo würdest du gerne hin?«

»Ich weiß nicht. Vielleicht nach Australien, in die Wüste.«

»Wie Voß, einmal quer durch den Kontinent, von Küste zu Küste?«

»Ja, das klingt gut. Und nie an der anderen Küste ankommen. Genau wie Voß.«

»Aber stirbt er denn nicht in der Wüste?«

»Ja, so steht es im Buch. Aber ich stelle mir vor, daß er einfach da geblieben ist, weil er kein Interesse daran hatte, in die Zivilisation zurückzukehren.«

Sie lachte. »Warst du schon mal dort, in Australien?«

»Nein.«

»Nicht mal zum Urlaub?«

»Nein.«

»Was hindert dich daran?«

»Ein paar Tausender«, sagte ich. »Die ich nicht habe.«

Sie nickte. Mit den Worten »Ich muß mal nach dem Huhn schauen« verließ sie das Zimmer.

10

Es mußte das Beste sein, was ich je gegessen hatte. Das wollte vielleicht nicht viel heißen bei jemandem, für den Essen nichts weiter als Nahrungsaufnahme bedeutete, aber es war wirklich verdammt gut. Das Fleisch war so zart, daß es sich praktisch von alleine schnitt und die Füllung so wunderbar, daß ich beim Essen laut stöhnte. Martina lächelte zufrieden und ich überlegte, ob ich ihr nicht raten sollte, aus ihrer Traumbar ein Restaurant zu machen. Ich ließ es bleiben, weil ich befürchtete, sie könnte es falsch auffassen.

Nach dem Essen holte sie den Weinbrand hervor, von dem sie nicht viel verbraucht zu haben schien. Wir stießen an und genehmigten uns gleich noch einen. Satt und zufrieden ließ ich meinen Blick über den Herd und die Spüle wandern. Töpfe, Messer, Kochlöffel, dazu unsere Teller und das Besteck. Ich beschloß, alles stehen zu lassen und mich morgen darum zu kümmern.

»Willst du noch einen«, fragte Martina und zeigte auf die Flasche.

»Warum nicht«, sagte ich.

Sie schenkte ein und wir leerten die Gläser. Ich steckte mir eine Zigarette an und sah zu, wie sie aufstand und anfing, das Geschirr zusammenzuräumen. Ich war zu satt und zufrieden, um zu protestieren.

Nachdem sie etwas für Ordnung gesorgt hatte, setzte sie sich wieder zu mir an den Küchentisch. Ich schenkte uns erneut von dem Weinbrand ein und wir stießen noch einmal an.

»Auf das beste Huhn, das je meinen Magen von innen gesehen hat«, sagte ich.

Sie lachte. Auch mir war nach Lachen zumute. Ich bekam plötzlich Lust, die Wohnung zu verlassen, irgendwo mit ihr hin zu gehen. Uns unter die Leute zu mischen, etwas zu unternehmen. Trinken gehen, vielleicht sogar tanzen. Ein Gefühl, das mich schon lange nicht mehr überkommen hatte. Aber schließlich hatte ich auch schon lange keine Gesellschaft wie Martina mehr gehabt.

»Was hältst du davon«, schlug ich vor. »Laß uns ausgehen, ich lade dich ein. Als kleine Gegenleistung für das Huhn.«

»Das ist nett von dir.« Sie schaute bedrückt. »Aber du weißt, daß es nicht geht. Es gibt wahrscheinlich keinen Kneipier in der Stadt, den Blacky nicht kennt. Und einige schulden ihm noch einen Gefallen. Das Risiko möchte ich nicht eingehen.«

»Na gut«, gab ich mich geschlagen. »Dann müssen wir eben sehen, wie wir uns hier unterhalten.«

Wir gingen wieder nach nebenan und nahmen den Weinbrand mit.

»Schade, daß du keine Musik hier hast«, sagte sie.

Es war das erste Mal, daß ich es selbst bedauerte. Beethoven hätte nicht zu diesem Abend gepaßt und etwas anderes hatte ich nicht. Ich beschloß, am nächsten Tag etwas von Cassandra Wilson zu besorgen.

»Wie klingt eigentlich diese Cassandra Wilson?«

»Sie hat eine tolle Stimme«, schwärmte sie. »Irgendwie hell und dunkel zugleich. Falls das geht.«

»Sing mir mal was von ihr vor.«

Sie schüttelte den Kopf. »Ich kann nicht singen.«

»Egal. Ich will ja nur einen ungefähren Eindruck.«

Sie lachte. »Nur, wenn du mir auch was vorsingst.«

»Ich kenn mich mit Musik nicht aus.«

»Frank Sinatra«, sagte sie. »Den kennst du, oder?«

»Klar.«

»Okay. Dann singe ich dir was von Cassandra Wilson und du singst für mich ›New York, New York‹.«

»Na gut, aber du fängst an.«

Das tat sie. Und von wegen, sie könne nicht singen. Ich hatte diese Cassandra Wilson noch nie gehört, aber wenn Martinas Stimme auch nur einen ungefähren Eindruck von ihren Qualitäten vermittelte, mußte sie wirklich toll sein.

Vom Text des Stücks verstand ich nicht viel. Nur das, was der Refrain sein mußte: »Nothing can stop us from feeling good tonight under a blue light 'til dawn.«

Ich schloß die Augen und stellte mir Martina in ihrer Bar auf Barbados vor. Aber nicht hinter dem Tresen, sondern auf der Bühne. Im Scheinwerferlicht. Sie trug das weiße Glitzerkleid und ihr Haar war genauso frisiert wie an dem Abend, an dem ich sie aufgelesen hatte. Das grelle Licht wurde von dem Kleid reflektiert und ließ die Trägerin in seinem Glanz erstrahlen. In der ganzen Bar war nicht das kleinste Geräusch zu vernehmen, außer ihrem Gesang. In der Eingangstür drängten sich weitere Gäste, für die kein Platz mehr in den Sitznischen war. Draußen auf der Leuchtbalustrade über dem Eingang stand unter dem Namen der Bar: *presents Martina Röttger.*

»Das war's«, sagte sie plötzlich. »Nur klingt es bei Cassandra Wilson viel besser. Und jetzt bist du dran.«

Ich schenkte mir erst noch einen ein, dann ließ ich ein »New York, New York« vom Stapel, das meine Wohnung von sämtlichen Holzwürmern befreite. Martina fiel vor Lachen beinahe von der Couch.

11

Der Weinbrand ging irgendwann zur Neige und wir stiegen auf Bier um. Martina hatte keinen Drink ausgelassen und hielt weiter Schritt. Sie mußte einige Erfahrung im Trinken haben. Ich schrieb das ihrem Beruf zu. Ich selbst hatte das Trinken schließlich auch erst durch den Beruf gelernt. Wie so vieles andere.

»Sag mal«, fragte ich sie. »Hattest du je einen, ... ich meine gab es ...«

Sie setzte die Bierdose ab. »Was?«

»Na ja, ich meine, du hast mir von deinem ersten Mal erzählt.«

»Ja, und du mir von deinem.«

Das brachte mich kurzzeitig zum Verstummen. »Hattest du je einen Freund?« fragte ich dann. »Ich meine, warst du je verliebt?«

Sie nahm einen Schluck aus der Dose und zog die Stirn in Falten. »Dieses erste Mal, von dem ich dir erzählt habe – es hat mich eine Menge gelehrt. Weißt du, meine Mutter war damals vor allem deswegen so sauer, weil dieser Kerl mir mehr als das Doppelte von dem bezahlt hat, was sie von ihm bekommen hat. Ich dachte, ich dürfte dieses Angebot einfach nicht ausschlagen, wenn ich dem Ethos meiner Mutter gerecht werden wollte. Ich wußte, daß *sie* es nie ausgeschlagen hätte. Daß ich alle seine Angebote davor ausgeschlagen hatte, lag nur daran, daß ich Angst hatte. Ich war noch Jungfrau. Aber als diese Zahl im Raum stand, tausend Mark, da wußte ich, daß ich nicht nein sagen konnte, ohne Mamas Beruf Schande zu machen.«

Sie nahm einen Schluck aus ihrer Dose, sah zur Decke hinauf. »Mama hat es ganz anders aufgenommen. ›Hinhaltetaktik‹ hat sie es genannt. Sie dachte, ich hätte mich dem Kerl absichtlich verweigert, um den Preis in die Höhe zu treiben.« Sie schüttelte den Kopf. »Dabei wäre ich auf so eine Idee nie gekommen.«

Ich fingerte an meiner Bierdose rum. Es war nur noch ein Schluck darin. Ich kippte die warme Brühe in meinen Hals und wollte aufstehen, um mir eine neue Dose aus dem Kühlschrank zu holen.

Martinas Blick hielt mich zurück. »Verstehst du, was ich gesagt habe?«

»Ich, äh ... ich weiß nicht.«

»Ich war ein Mädchen wie alle anderen. Meine Mutter war Prostituierte, na gut. Aber trotz allem, was ich von ihr gehört und mitbekommen hatte, war ich noch unschuldig. Erst als sie dieses Wort gebrauchte – Hinhaltetaktik, da hab ich meine Unschuld verloren und etwas gelernt über die Männer. Je weniger du ihnen gibst, desto mehr sind sie bereit dir zu geben.«

»Vielleicht gilt das nicht für alle Männer.«

»Es gilt für alle, die ich bisher kennengelernt habe.« Sie machte ihre Dose leer und drückte sie mir in die Hand. »Bring mir eins mit.«

Mit zwei frischen, kalten Bierdosen kam ich aus der Küche zurück und drückte ihr eine in die Hand. Sie öffnete sie und nahm einen Schluck.

»Um deine Frage zu beantworten«, setzte sie an. »Ich hatte einmal eine Beziehung zu einem Mann, die nicht professionell war.«

»Wer war er?«

»Ein Kunde. Promotion-Manager bei einer Plattenfirma. Er hat sich von uns Gesellschaften organisieren lassen für seine Künstler und Geschäftspartner. Er war attraktiv. Wir hatten nur insofern miteinander zu tun, als ich Termine für ihn arrangiert habe. Und, na ja, er gefiel mir eben. Oder vielmehr, ich merkte, daß ich ihm gefiel. Irgendwann haben wir uns verabredet. Es war spannend, aber es hat nur zwei Monate gedauert. Es war mehr ein Spiel als irgendwas sonst, ein Wettkampf.«

»Ein Wettkampf?«

»Er wollte mir beweisen, daß ich verrückt nach ihm bin und ich wollte ihm beweisen, daß ich es nicht bin.«

»Und wer hat gewonnen?«

»Ich natürlich.«

Ich nickte. »Du hattest Angst davor, verrückt nach ihm zu sein.«

Sie schüttelte verächtlich den Kopf. »Blödsinn. Das ist das Problem von euch Männern: Ihr glaubt, eine Frau könnte nicht ohne euch auskommen.«

»Ich dachte, das wäre das Problem der Frauen.«

»Was?«

»Na, zu glauben, ihr könntet ohne Männer nicht auskommen.«

»Was kennst du denn für Frauen?«

Ich zuckte die Achseln. »Nicht viele.«

»Scheint mir auch so«, schnaubte sie.

Ich überlegte, ob ich ihr von meinen anderthalb Beziehungen erzählen sollte. Wie ich sie in Worte fassen konnte, ohne daß es bescheuert klang.

»Ich war mal mit einer Frau zusammen«, setzte ich an. »Sie hieß Melanie, bediente im Bäckerbrunnen. Ich hab sie ein paar Mal nach Hause gefahren und irgendwann hat sie mich nach meiner Taxinummer gefragt. Ich hab sie ihr gegeben und von da an hat sie sich nur noch von mir fahren lassen. Dabei hab ich mich nie irgendwie außergewöhnlich benommen ihr gegenüber. Ich hab sie behandelt wie alle anderen Fahrgäste auch, hab weder weniger Geld von ihr verlangt, noch war ich besonders nett zu ihr.«

»Du wirst ihr einfach gefallen haben.«

»Nicht besonders wahrscheinlich. Sie war nicht häßlich und hatte es von daher nicht nötig, sich an einen wie mich zu hängen.«

»Vielleicht ging's ihr nicht um Äußerlichkeiten.«

»Du meinst, sie stand auf meine ›inneren Werte‹?«

Sie sah mich an. »Warum nicht?«

»Ich weiß nicht. Jedenfalls hat sie mich irgendwann, als ich sie nach Hause gefahren hatte, gefragt, ob ich nicht noch mit zu ihr in die Wohnung kommen und einen Kaffee trinken wollte. Ich hab ja gesagt, weil ich nicht unhöflich sein wollte. Beim Kaffee hat sie mich dann gefragt, ob ich denn auch mal einen freien Abend hätte. Na ja, und daraufhin hab ich sie gefragt, ob sie mit mir weggehen würde an meinem freien Abend. Ich hab gespürt, daß sie auf die Frage wartete.«

»Und dann hast du eine Beziehung mit ihr angefangen – weil du spürtest, daß sie das wollte?«

»Ja, so in etwa. Wir waren anderthalb Jahre zusammen.«

»Nur weil *sie* das so wollte?«

»Na ja, ich hatte nichts dagegen. Ich mochte sie. Aber irgendwann hat sie wohl gemerkt, daß mein Interesse mehr und mehr nachläßt.«

»Und dann hast du dich von ihr getrennt?«

Ich schüttelte den Kopf.

»Was? Du meinst, du hast so lange gewartet, bis sie sich von dir getrennt hat?«

Ich nickte. »Ich seh sie noch ab und zu, sie bedient jetzt in der Litfaßsäule. Als das mit ihr vorbei war, hab ich mir den Bart wachsen lassen.«

»Wieso das denn?«

»Ich glaube, ich dachte, ich könnte mich dahinter verstecken.«

Sie lachte. »Wovor hast du denn Angst?«

»Ich weiß nicht. Vielleicht davor, daß jemand Erwartungen an mich hat, die ich nicht erfüllen kann.«

»Na und. Man kann auch nein sagen, weißt du.«

Ich nickte und trank von meinem Bier.

»Das, was man die große Liebe nennt, ist dir also auch noch nicht begegnet«, stellte sie fest.

Ich schaute sie an. Dann ließ ich meinen Blick durchs Zimmer gleiten, auf der Suche nach etwas, worauf ich ihn richten konnte.

»Ich schätze nicht«, sagte ich leichthin. »Es gab da noch eine Frau, das muß bestimmt über zehn Jahre her sein. Sylvie. Damals war ich grade hier eingezogen. Ich bin abends weggegangen, wenn ich frei hatte. Bin mit Kollegen trinken gegangen oder auch alleine. Damals war das alles noch neu für mich, die Nachtarbeit, der verdrehte Tagesrhythmus, der Verdienst, den man selbst regulieren konnte. Es war spannend irgendwie. Das Geld rausschmeißen und am nächsten Tag direkt ein neues Bündel zusammenfahren. Man brauchte sich gar keine Gedanken zu machen. Damals hab ich Sylvie kennengelernt. In irgendeiner Kneipe. Ich bin am nächsten Tag aufgewacht und hab ihre Telefonnummer in meinem Portemonnaie gefunden. Hab sie angerufen, weil ich dachte, sie könnte sonst sauer sein und es würde vielleicht peinlich werden, wenn wir uns noch mal über den Weg laufen.«

Martina lachte wieder.

»Was ist daran so komisch?«

»Du bist der rücksichtsvollste Mensch, den ich kenne«, lachte sie. »Vor lauter Angst, anderen weh zu tun, begibst du dich in Beziehungen, die du eigentlich gar nicht willst.«

»Na ja, mit Sylvie war's, glaube ich, keine richtige Beziehung. Es war auch nicht so, daß ich's nicht wollte, aber ...«

»Du hast sie nicht geliebt.«

»Nein. Es ging auch nur ein halbes Jahr und war nichts festes. Wir waren eben beide jung und neugierig.«

»Neugierig? Worauf?«

»Na ja, ich weiß nicht ... Sex.«

Sie schaute mich an mit einem Blick, der um Verständnis bemüht schien. Ich erinnerte mich an das, was sie mir über ihr erstes Mal erzählt hatte.

»Vielleicht sollten wir uns mal hinlegen«, sagte sie und gähnte.

Ich schaute auf die Uhr und stellte fest, daß der neue Tag, ein Donnerstag, bereits sechs Stunden alt war. In zwölf Stunden begann meine nächste Schicht. Als ich mich von der Couch erhob, wollten meine Beine unter mir nachgeben. Ich setzte mich wieder hin.

»Ich schlaf heute wieder hier«, sagte ich. »Du kannst das Bett nehmen.«

Sie stand vor mir, über die Couch gebeugt, und hielt sich mit beiden Händen an der Rückenlehne fest. Die langen roten Haare flossen über ihren weißen Rücken wie glühende Lava. Ihr üppiger Hintern fing meine Stöße sanft ab. Sie stöhnte leise und bewegte sich im Rhythmus mit mir. Es fühlte sich an, als würde ich in einem brodelnden Sumpf aus Honig stecken, heiß und unglaublich süß. Ich umfaßte ihr Becken mit beiden Händen und drang noch tiefer ein. In meinem Kopf sang ein Engelschor und ich wollte, daß es nie aufhörte. Wir bewegten uns ganz langsam, in perfekter Harmonie.

Plötzlich fing sie an, ihren Hintern hart gegen mein Becken zu stoßen. Durch den Engelschor in meinem Kopf drang ihre Stimme zu mir. »Ja, komm. Komm schon, gib's mir.« Sie klang grell und fordernd. Wie die Tonspur eines Pornos. Wie das Echo in einem langen, kalten, gekachelten Gang. »Gib's mir richtig, komm schon, mach mich fertig mit deinem großen, dicken Schwanz. Fick mich richtig durch.«

Der Engelschor hatte zu singen aufgehört. Statt dessen schrillten ihre Worte in meinem Schädel. *Fick mich richtig durch. Fick mich richtig durch. Fick mich richtig durch.* Professionell. Ungeduldig. Wie eine eisige Klammer um mein Hirn. Ich wollte mich zurückziehen, aber die ruppigen Stöße ihres Hinterns ließen mich nicht entkommen. Sie wurden heftiger und ihre Stimme immer lauter.

Ruckartig wachte ich auf. Ich faßte zwischen meine Beine, dann zog ich die nasse Hand zurück. Mein Puls raste und ich konnte das Blut in meinem Kopf rauschen hören. Ich legte ein Ohr an die Wand, um zu hören, ob Martina nebenan noch schlief, oder ob ich sie möglicherweise aufgeweckt hatte mit den Geräuschen meines Traums, die noch im Zimmer nachhallten. Mir fiel ein Stein vom Herzen, als ich sie tief und gleichmäßig atmen hörte.

Ich stieg von der Couch und schlurfte auf wackligen Beinen in die Küche, um meine verklebte Unterhose in der Spüle auszuwaschen. Ich vermied es, dabei in den Spiegel zu sehen, der über der Spüle hing.

12

Martinas laute Stimme stach unerbittlich durch den Nebel des unbewußten Zustands, in den ich mich gehüllt hatte. Ich rollte mich noch enger zusammen, aber ich konnte sie nicht loswerden. Ich spürte eine Hand an meiner Schulter, die mich schüttelte.

»Matthias, du mußt aufstehen. Es ist schon fünf Uhr.«

Ich riß die Augen auf. Martina stand über mir und sah auf mich herab. »Du mußt doch um sechs zur Arbeit, und ich dachte mir, du möchtest vorher sicher gerne noch was essen und eine Dusche nehmen.«

Sie schien auch grade erst aufgestanden zu sein. Ihr Gesicht wirkte zerknittert und die blauen Flecke auf Stirn und Wange schillerten violett. Ich schüttelte den Kopf, um wach zu werden. Es fühlte sich an, als säße mein Gehirn lose und rutsche in meinem Schädel von einer Seite zur anderen. Ich stöhnte. »Ist es wirklich schon so spät?«

Sie nickte. Außer dem grünen T-Shirt und einem Slip hatte sie überhaupt nichts an. Da es nicht den Anschein hatte, als wolle sie das Zimmer verlassen, schwang ich mich schnell von der Couch, wandte ihr den Rücken zu, und verschwand in die Küche.

Während ich unter der Dusche stand, konnte ich hören, wie sie in die Küche kam und anfing, das Frühstück zu machen. Die Schiebetür der Duschkabine bestand aus milchglasähnlichem Plastik, durch das sie mich höchstens verschwommen erkennen konnte. Außerdem hantierte sie am Tisch und mit der Kaffeemaschine. Ich drehte mich trotzdem mit dem Rücken zur Tür. Als ich fertig war, wußte ich nicht recht, was ich tun sollte.

»Kannst du mal kurz rausgehen?« rief ich.

»Wickel dir doch dein Handtuch um«, antwortete sie.

»Also, mir wär's lieber, wenn du kurz rausgehen könntest.«

Sie lachte. Dann ging sie raus.

Nachdem ich mich angezogen und sie den Tisch fertig gedeckt hatte, frühstückten wir gemeinsam. Sie hatte mir sogar zwei von den Aspirintabletten, die sie im Küchenschrank gefunden haben mußte, hingelegt. Zusammen mit dem Kaffee zurrten sie mein Gehirn wieder fest und ich fühlte mich bereit für die Nachtschicht.

Ein Blick auf die Uhr sagte mir, daß ich noch knapp eine Viertelstunde Zeit hatte. Mir war das Geschirr vom Vorabend aufgefallen, das noch immer neben der Spüle stand, der Küchenschrank, aus dem sie Sachen entnommen und wieder hineingestellt hatte, die vollkommen willkürlich angeordneten Streuer im Gewürzregal. Ich wollte aufstehen und noch schnell meine Ordnung wiederherstellen, bevor ich ging, aber dann blieb ich doch sitzen, um noch einen Kaffee in Martinas Gesellschaft zu trinken. Ich beschloß, alles so stehen zu lassen, wie sie es geräumt hatte und nach dem Frühstück wieder räumen würde.

Ich ließ mich treiben. Eigentlich hätte ich unter Strom stehen sollen, dem Geld auf der Spur, den Fahrgästen, um den miesen Umsätzen der letzten Nächte etwas entgegenzusetzen, aber es interessierte mich überhaupt nicht. Ich ließ sogar einen Typ stehen, der mir vom Bürgersteig aus hektisch zuwinkte. Der Funk war ruhig, der Verkehr dünn. Ein unwichtiger Teil meiner Person fuhr das Taxi zügig und sicher durch die Stadt, ich saß entspannt, locker und teilnahmslos hinter dem Steuer. Ich fuhr und fuhr, war wie unter Wasser, abgetaucht in meinem kleinen Privat-U-Boot, dessen Abgeschiedenheit ich heute mit niemandem teilen wollte.

So sehr ich auch versuchte es ihm einzutrichtern, mein Hirn weigerte sich standhaft, den Job ernst zu nehmen. Es wollte nicht den Zusammenhang erkennen zwischen meiner ziellosen Fahrt durch diese Stadt und der Notwendigkeit, Geld zu verdienen. Es war ja auch lächerlich. Man nahm ein paar Leute mit auf seinen verworrenen Wegen durch die Nacht und bekam dafür von ihnen den Lebensunterhalt bezahlt. Das mochte den Geschmack der großen Freiheit haben, aber wenn man es genau betrachtete, war es nichts weiter als eine Sackgasse. Es bot einem die Möglichkeit, sich der Welt der Tagmenschen zu widersetzen, aber es wies einem doch keinen Weg aus dieser Welt heraus. Wie Bücher es taten. Oder Alkohol. Oder Beethovens Fünfte. Und auch deren Wirkung war zeitlich begrenzt.

Was blieb, war eine billige Flucht vor Dingen, die einen schließlich auch in der Abgeschiedenheit der Taxiwelt einholten. Aber verdammt, ich war erst zweiunddreißig, noch konnte ich meinem Leben eine andere Richtung geben. Martinas Fingerzeig in Richtung zweiter Bildungsweg hatte etwas für sich. Vielleicht war es tatsächlich möglich, etwas mit Büchern zu machen. Und sei es nur, sie zu verkaufen. Ich stellte mir vor, wie ich den Kunden die Romane von William Faulkner anpries. Keiner von ihnen würde mich für einen ehemaligen Taxifahrer halten.

Unter der Mithilfe von Beethovens Fünfter verwandelte sich die Einmannzelle meines Taxis in das Innere einer Buchhandlung. Rings um mich herum türmten sich Regale mit Büchern. Ich sah an ihnen hoch und ließ meinen Blick über die Rücken der Bücher gleiten. Ich konnte das Papier riechen, den feinen Staubfilm auf den Regalen. Wunderbar. Hin und wieder ließ ich einen intelligenten, sympathischen Bücherfreund in mein Refugium ein, um ihm bei der Auswahl der passenden Lektüre behilflich zu sein. Die Vision wurde so stark, daß ich einem meiner wenigen Fahrgäste, einem graumelierten Herrn, beinahe einen Vortrag über »Schall und Wahn« gehalten hätte.

Ich stand am Halteplatz Schulgasse und stellte mir vor, wie ich, auf einer großen Leiter stehend, die Bücher in der obersten Regalreihe vorsichtig abstaubte, als ein anderes Taxi neben mir hielt. Ich bemerkte es erst, als das Fenster an der Fahrerseite heruntenglitt und mich die plärrende Musik traf.

»Hey Matthias, träumst du?«

Es war Art. Er hing im geöffneten Fenster seines Wagens und grinste mich breit an.

»Rate mal, wen ich gestern gefahren habe.«

»William Faulkner?«

»Wer ist das denn?«

»Vergiß es.«

»Es waren zwei Typen. Der eine groß und drahtig und der andere klein und dick. Sind am Crazy Sexy eingestiegen.«

»Blackys Ganoven! Wo hast du sie hingefahren?«

»Zum Landtag.«

»Was machen Ganoven im Landtag?«

Art grinste. »Man nennt es Politik.«

Ich schüttelte den Kopf. »Sind sie tatsächlich reingegangen?«

»Ja. Sie haben kurz mit dem Pförtner geredet und der hat sie reingelassen.«

Die Realität hatte mich wieder. Ich dachte an Martina. An ihre Zukunft und an meine. Unsere.

Den Umsatz dieser Schicht konnte ich ohnehin abschreiben – ich fuhr zum Crazy Sexy, parkte im Hof und behielt beide Eingänge im Auge.

Ich mußte fast zwei Stunden warten. Dann öffnete sich die Tür oberhalb der Treppe links von mir und heraus kamen die beiden Ganovenvisagen. Sie trugen wieder die zueinander passenden Lederjacken und führten eine offensichtlich einseitige Unterhaltung. Der Kleine plapperte und der Große nickte von Zeit zu Zeit. Sie überquerten den Parkplatz, kamen genau auf mich zu.

Ich ließ das Fenster runter und sprach sie an. »Taxi?«

»Nee danke«, sagte der Kleine. »Wir haben unseren eigenen Wagen.«

Sie gingen weiter, dann drehte sich der Kleine um und kam zurück. »Sag mal, stehst du öfter hier rum?«

»Hin und wieder.«

»Vielleicht kannst du uns helfen.« Er zog ein Foto aus seiner Tasche. »Hast du die schon mal gesehen?«

Es war ein gutes Foto. Martina sah darauf fast noch besser aus als in Wirklichkeit.

»Ja«, sagte ich. »Die kenne ich. Ich hab sie öfters gefahren. Aber sie ist gar nicht mehr in der Stadt, soviel ich weiß.«

»Ja, verreist, heißt es. Wann hast du sie zuletzt gesehen?«

»Das muß schon 'ne ganze Weile her sein.«

»Vielleicht kriegst du sie nie wieder zu sehen. Könnte sein, daß sie für länger verreist ist.« Er grinste verächtlich. »Sie soll zu Geld gekommen sein.«

Er ging zurück zu seinem Partner und die beiden stiegen in ihren schwarzen BMW. Ich überlegte, ob ich ihnen folgen sollte, entschied mich aber dagegen. Sie kannten mich nun und würden es merken. Außerdem waren sie nur die Handlanger desjenigen, dem mein Interesse galt. Wenn er noch in seinem Büro war, würde er es irgendwann verlassen müssen. Ich hatte meine Geduld in unzähligen Taxischichten geschult.

Rainer »Blacky« Gundlach fuhr einen roten Porsche. Wahrscheinlich hatte er die Farbe passend zu seinen Hemden ausgesucht. Die schien er nur in dieser einen Farbe zu besitzen. Vielleicht wechselte er sie aber auch bloß selten.

Ich hatte etwa anderthalb Stunden auf ihn gewartet, jetzt folgte ich ihm, während er auf der Mainzer Straße aus der Stadt hinausfuhr. Am Kreisverkehr beim Autobahnzubringer wendete er und fuhr auf der anderen Seite der Straße zurück, um dann in den Siegfriedring einzubiegen. Er beschleunigte und ich ließ ihn ein wenig davonziehen, blieb aber in Blickweite seiner Rücklichter. Es ging vorbei an der Armysiedlung Hainerberg, hinein in die östlichen Vororte der Stadt.

Wir passierten Bierstadt, dahinter endete die Straßenbeleuchtung und die B 455 wand sich durch Wiesen und Ackerland Richtung Taunus. Früher hatte ich das geliebt, dieses Eintauchen in das endlose Dunkel jener Straßen zwischen den einsamen Feldern. Ich hatte mir gewünscht, dort draußen zu sein, in den Feldern, nackt, allein mit der endlosen Nacht. Ich stellte mir vor, das würde mich etwas fühlen lassen, was ich noch nie gefühlt hatte.

Jetzt glaubte ich das nicht mehr. Die Felder waren bloß Felder und die Nacht war auch hier draußen nicht unendlich. Wenn man genau hinsah, konnte man erkennen, wo die Felder endeten und die nächste Ortschaft begann. Kleine Lichtpunkte in der Nacht verrieten sie.

Und dann waren da noch die beiden Rücklichter von Blackys Porsche, denen im Moment meine grimmige Aufmerksamkeit galt. Sie bogen plötzlich nach links ab, zum »Aukamm Housing«, dem Wohnviertel der amerikanischen Armeeangehörigen. Hier war die Nacht bestens ausgeleuchtet von unzähligen Straßenlaternen in sehr kurzen Abständen.

Blacky fuhr durch das Viertel hindurch, verließ es am anderen Ende auf der Schuppstraße und nahm dort die zweite rechts, Richtung Friedhof. Schmucke Einfamilienhäuser mit Vorgärten. Ich blieb etwas zurück, während der rote Porsche weiterfuhr bis über den Punkt hinaus, wo die Häuser rechts und links der Straße enden und die freie Natur beginnt. Ich wußte, die Straße endete dort oben in einem Acker. Davor gab es nur noch eine Möglichkeit abzubiegen, nach links, Am Birnbaum, ins Viertel der Zahnarzt- und Spekulantenvillen. Und dort gibt es nur drei Straßen, der rote Porsche würde leicht zu finden sein.

Ich wartete ein paar Minuten und als ich schließlich in die Siedlung hineinfuhr, mußte ich nicht lange suchen. Der rote Porsche stand vor der ersten Villa, Am Birnbaum Ecke Flandernstraße. Ein riesiges Grundstück, umgeben von einer hohen, strahlend weißen Mauer. Ich stieg aus und lief an der Mauer entlang. Sie überragte mich um knapp einen halben Meter und wurde selbst noch überragt von einer Hecke, die in dem großen Garten wuchs. Zwei Einfahrten mit massiven Toren waren die einzigen Stellen, von denen man freie Sicht auf das Haus hatte. Rechts und links der Tore gab es Pfeiler mit Plattformen obendrauf.

Ich griff nach dem Mauerrand und versuchte mich daran hochzuziehen. Ein großer Athlet war ich nie gewesen, aber als ich nun merken mußte, wie meine Muskeln mir den Dienst versagten, stieß ich einen unterdrückten Fluch auf die letzten zwölf Jahre meines Lebens aus. Zigaretten, Kaffee, Currywurst, Bier und das bewegungsarme Absitzen nicht enden wollender Nachtschichten lachten mir wie ein häßlicher Fluch ins Gesicht.

Ich riß mich zusammen und schaffte es schließlich, meinen schlaffen Körper auf diese Mauer hinaufzuziehen. Sie war etwa einen halben Meter breit und bot ausreichend Platz zum Balancieren. Von dort aus erklomm ich den Pfeiler links vom ersten Tor. Zwischen mir und dem Haus lag ein großzügiger Garten mit viel Rasen, Blumenbeeten und Bäumen.

Das Haus war auch nicht von schlechten Eltern. Wahrscheinlich hätten zwei Großfamilien Platz darin gehabt. Und ebenso wahrscheinlich wurde es von höchstens einer Kleinfamilie bewohnt. Im Erdgeschoß gab es einen Terrassenvorbau und die Hausfront bestand aus einer großen gläsernen Schiebetür. Dahinter befand sich eine Art Wohnzimmer. Ich sah einen Kamin, eine große lederne Sitzgarnitur und altmodisch gerahmte Bilder an den Wänden. Der Raum wurde von einem Kronenleuchter erhellt, der sein Licht über Blacky und einen großen, schlanken Mann in einem grauen Anzug ergoß. Graue Schläfen, ein schmales Gesicht mit sehr feinen Zügen und Augenbrauen wie schwarze Balken. Die beiden standen sich gegenüber und schienen sich angeregt zu unterhalten.

Blacky wollte in seinem Ludenaufzug nicht recht in das Dekor des Zimmers passen und schon gar nicht zu der distinguierten Erscheinung des anderen Mannes. Seine Gestik wirkte entschuldigend, fast unterwürfig. Hier war er eindeutig nicht tonangebend. Der Graumelierte schien ziemlich ungehalten und erregte sich immer mehr. Durch die Glasfront drang zwar kein Laut, aber ich konnte sehen, daß er Blacky anbrüllte, dessen beschwichtigende Gesten immer verzweifelter wirkten.

»Was machen Sie denn da?!«

Die Worte trafen meinen Rücken. Ich drehte mich so hastig um, daß ich fast von der Mauer fiel. Es war ein kräftiger junger Kerl, der einen Schäferhund an der Leine hatte. Er stand nur wenige Meter entfernt auf dem Bürgersteig und sah zu mir hoch.

»Bleiben Sie genau, wo Sie sind«, sagte er und zog ein Handy aus der Tasche.

Er gab eine sehr kurze Nummer ein, drei Ziffern. Ich wartete nicht erst ab, bis er eine Verbindung bekam.

Mein Sprung wurde vom harten Beton des Bürgersteigs abgefangen. Ich knickte mit dem rechten Knöchel um und ging zu Boden. Hinter mir hörte ich die Worte »Faß, Ralfi!« und das Hecheln des Hundes.

Ich rappelte mich auf und rannte humpelnd in Richtung Taxi. Aber ich war natürlich nicht schnell genug. Der Köter suchte sich die rechte Wade aus, nur knapp über dem verstauchten Knöchel. Ich ging noch einmal zu Boden und schrie. Ich konnte spüren, wie die Zähne des Viehs sich in mein Fleisch bohrten. Auf dem Rücken liegend, nahm ich mit dem freien Bein Maß und traf ihn genau auf die Nase. Er jaulte auf und gab mein Bein frei.

Ich schaffte die paar Meter bis zum Auto, das geschundene Bein hinter mir her ziehend. Den Wagen anlassen, wenden und mit durchgetretenem Gaspedal davonschießen war eins. Im Rückspiegel sah ich den Kerl, wie er sich über seinen Köter beugte.

Das Bein tat höllisch weh. Ich preßte den Fuß aufs Gas, bis die Wade taub wurde. Mit quietschenden Reifen bog ich wieder auf die Schuppstraße ein, schaffte es mit knapper Not, nicht in die parkenden Autos am Straßenrand zu krachen und raste durch das schlafende Kurviertel zurück in die Innenstadt.

Ich wußte nicht, wohin. Die Schicht war endgültig gelaufen, den Gedanken ans Geldverdienen hatte ich aufgegeben. Ins Krankenhaus oder zur Notarztzentrale wollte ich nicht. Wußte Gott, was die mir für Fragen stellen würden. Nach Hause konnte ich auf keinen Fall. Es war noch zu früh, grade mal viertel vor elf, womöglich war Martina noch wach. Und vor ihren Fragen hatte ich noch mehr Bammel.

Zunächst mußte ich mal das Auto loswerden. Wenn der Kerl es geschafft hatte, sich die Nummer zu merken, würden sich bald die Bullen für mich interessieren.

Ich fuhr zur Zentrale, stellte den Wagen ab und stieg um in meinen Mitsubishi. Im Falle einer Nachfrage hatte ich bereits um neun Uhr aufgrund von Kopfschmerzen Feierabend gemacht. Ich würde den Teufel tun, ihnen meine Wade mit dem Abdruck des Hundekiefers darauf zu zeigen.

Ich fuhr durch die Stadt, biß die Zähne zusammen und versuchte, mir irgendeine Form von Plan zurechtzulegen. Was dabei heraus kam, war, daß ich die Aarstraße ansteuerte, parkte und ins Old Fashion ging, die einzige Kneipe der Stadt, die bis sechs Uhr morgens geöffnet hatte. Wenn ich dablieb bis sie zumachten und dann erst nach Hause fuhr, würde Martina, falls sie dann noch wach war, nichts anderes denken, als daß ich direkt von der Arbeit käme.

Ich orderte an der Theke ein Bier und einen Kurzen, dann humpelte ich zum Klo. Ich ging in eine Kabine, klappte den Klodeckel herunter, setzte mich drauf und krempelte das Hosenbein hoch, in dem die Zähne des Köters kleine Löcher hinterlassen hatten. Die Wunde war nicht tief. Das Blut war bereits getrocknet und ein gewissenhafter Vollidiot wie das Herrchen dieses Kläffers würde seine Töle doch wohl auf jeden Fall gegen Tollwut impfen lassen.

Ich bewegte den rechten Fuß hin und her, um den Knöchel zu testen, den ich mir bei meinem Satz von der Mauer verstaucht hatte. Er tat immer noch weh, aber es ließ sich aushalten. Ich hoffte, er würde nicht dick werden.

Am Waschbecken wusch ich mir das verkrustete Blut ab und wickelte etwas Klopapier um die Wade. Dann ging ich, vorsichtig auftretend, zurück zum Tresen, wo mein Bier und der Schnaps bereits auf mich warteten.

13

Hast du gut geschlafen?« Sie schenkte mir Kaffee ein und lächelte mich an. Ich nickte. »Ich dachte mir, du bist wieder dran mit dem Bett«, sagte sie. »Deswegen habe ich mich auf die Couch gelegt.«

»Nett von dir. Aber das wäre gar nicht nötig gewesen.«

Ich sah mich flüchtig in der Küche um. Es war nur noch zur Hälfte meine Küche. Sie gefiel mir. Es schienen sogar ein paar schwache Sonnenstrahlen herein und legten sich in einem langgezogenen Streifen über den Kühlschrank, die Spüle, die Dusche und den Herd.

Martina setzte sich mir gegenüber und wir frühstückten.

»Wie war die Nachtschicht?«

»Ganz gut«, log ich. Ich hatte dreißig Mark verdient und fünfzig im Old Fashion gelassen. Aber das wollte ich ihr lieber nicht erzählen. Und von meiner Begegnung mit dem Schäferhund Ralfi erst recht nicht. Statt dessen fragte ich sie: »Hat dieser Blacky eigentlich noch Mitarbeiter?«

Sie runzelte die Stirn. »Wie kommst du denn jetzt auf Blacky?«

»Ich war gestern beim Crazy Sexy. Hab Fahrgäste hingebracht«, log ich noch einmal. »Und da haben mich diese beiden Typen angesprochen. Sie wollten wissen, ob ich dich kenne.«

Sie machte große Augen. »Was sind das für Typen?«

»Ein großer Drahtiger mit dünnen, hellen Haaren und ein kleiner Dicker mit schwarzen Locken und Schnurrbart.«

»Die kenne ich nicht. Und Blacky hat auch keine Mitarbeiter. Er muß diese Typen angeheuert haben, damit sie mich für ihn suchen. Ich wußte, daß er keine Ruhe gibt, bis er mich in die Finger kriegt. Mein Gott, und du sagst, du hast mit ihnen geredet?«

»Mach dir keine Sorgen. Ich hab ihnen gesagt, du seist wahrscheinlich gar nicht mehr in der Stadt.«

»Du hast zugegeben, daß du mich kennst?«

Sie war ziemlich aufgeregt.

»Ja«, beschwichtigte ich sie. »Aber ich hab behauptet, ich hätte dich bloß ein paar Mal gefahren. Die ahnen nicht, daß du bei mir bist. Außerdem glauben sie selbst, du seist verreist. Der Kleine hat behauptet, du seist zu Geld gekommen.«

Ihre Stirn legte sich in immer tiefere Falten.

»Wie kommen die auf die Geschichte mit dem Geld?« fragte ich. »Und wieso glauben sie, du seist verreist? Hast du Blacky um seinen Anteil am Begleitservice geprellt?«

»Das würde ihm recht geschehen, aber nein, habe ich nicht. Vielleicht denkt er, ich hätte es.«

»Ich bin diesem Blacky gefolgt. Er scheint selbst noch so eine Art Chef zu haben, der am Birnbaum wohnt. Er hat ihn gestern abend besucht und der schien ganz schön sauer zu sein.«

Sie schaute mich ungläubig an.

»Ein älterer Typ. Bestimmt um die sechzig. Mit ordentlich Asche. Schlank, graue Schläfen und ziemlich auffällige schwarze Augenbrauen.«

»Das ist er«, sagte sie leise.

»Wer?«

»Justus Heilmann. Ich habe dir von ihm erzählt.«

»Du meinst *den* Heilmann?« Ich zeigte mit dem Daumen aus dem Fenster auf das Nachbargrundstück.

Sie nickte.

Wir aßen weiter, betreten und nachdenklich.

»Was könnte Blacky von diesem Heilmann gewollt haben?« fragte ich schließlich.

Sie schüttelte den Kopf. »Keine Ahnung. Er ist Stammkunde bei uns, bestellt regelmäßig Gesellschaften für seine Geschäftsfreunde. Wahrscheinlich ist er wenig erfreut, sich jetzt an Blacky halten zu müssen. Der gehört einfach nicht zu der Sorte von Leuten, mit denen sich ein Heilmann umgibt.«

Wir beendeten unser Frühstück und sie räumte den Tisch ab.

»Könntest du mir vielleicht noch etwas Unterwäsche zum Wechseln kaufen, bevor du arbeiten gehst?« fragte sie. »Mein Slip löst sich schon auf.«

Ich konnte die Hitze spüren, die von meinen Lenden aufstieg, schaffte es aber, sie zu stoppen, bevor sie mein Gesicht erreichte. Dann schaute ich auf die Uhr. Viertel vor fünf. »Zeit hätte ich noch. Aber mit Damenunterwäsche kenn ich mich überhaupt nicht aus.«

»Ich schreibe dir genau auf, was ich brauche. Auch, wo du es bekommst.«

Es war ein Fachgeschäft in Biebrich, am anderen Ende der Stadt. Ausgerüstet mit dem Einkaufszettel und einem weiteren Hunderter aus Martinas Handtasche machte ich mich auf den Weg.

Vier Paar Damenunterwäsche, BHs und Slips, aus reiner Seide – schon der Namenszug »Hautnah« auf meiner Plastiktüte schien ihren Inhalt durch die ganze Straße zu posaunen, als ich damit aus dem Auto stieg. Das wellige Kopfsteinpflaster, die Risse im Asphalt der Bürgersteige und die lange nicht mehr sanierten Hausfassaden beäugten mich mißtrauisch. Einer, der hier wohnte, hielt sich an die einfachen Dinge des Lebens. Für Luxusweibchen in Seidenunterwäsche fehlte den Westendcasanovas das Kleingeld und der Esprit. Mein verstauchter Knöchel schmerzte bei jedem Schritt, aber ich ging durch den Hinterhof zur Haustür wie ein abgefeimter Typ, der sich von einer brisanten Fracht nicht aus der Ruhe bringen läßt.

Als ich in die Wohnung kam, stutzte ich. Meine Einkaufstour hatte etwas länger als eine Stunde gedauert, und Martina hatte die Zeit offenbar genutzt, um ihr Äußeres der Unterwäsche anzupassen. Sie war geschminkt und frisiert wie an dem Abend, als ich sie kennengelernt hatte. Zwar trug sie die Jeans, das grüne T-Shirt und die Turnschuhe, aber ihre Erscheinung war die einer Frau von Welt. Von den blauen Flecken in ihrem Gesicht war nichts mehr zu sehen, sie hatte sie mit Make-up überdeckt.

»Willst du ausgehen?«

Sie lächelte hilflos. »Ich kann doch nicht.«

Es war wirklich eine Schande. Selbst ich konnte den Anblick nicht länger würdigen, mußte zusehen, daß ich zur Arbeit kam.

»Mach dir keine Sorgen wegen Blackys Ganoven«, sagte ich. »Und falls irgendwas Merkwürdiges passieren sollte, ruf in der Zentrale an. Die geben mir dann Bescheid und ich komme sofort hierher.«

»Das ist lieb von dir«, sagte sie.

Ich wandte mich zum Gehen. Sie machte einen Schritt auf mich zu, legte mir die Hand auf die Schulter und küßte mich leicht auf die Wange.

Ich stieg die Treppen hinunter und durchquerte den Hof wie ein Ehegatte, der loszieht, um das Geld für sich und seine Frau ranzuschaffen. Erst als ich bei meinem Auto ankam und den Schlüssel ins Schloß steckte, kam ich wieder halbwegs zu mir. Ich schüttelte leicht den Kopf, aber das sanfte Kribbeln, das ihn erfüllte, hielt an, bis ich an der Zentrale ankam und in Robbies Büro ging.

»Was ist das denn?« fragte er, als ich ihm die Abrechnungen der letzten Tage vorlegte. »Haste keinen Bock mehr, oder was? Also, ich meine, die Umsätze hier von Sonntag, Montag und Dienstag, die kann man ja mit einigem Wohlwollen noch durchgehen lassen. Aber das hier...« Er hielt den Abrechnungszettel vom vergangenen Tag hoch. »Also, das ist ja wohl ein Witz. Was hast du gemacht? Gepennt?«

»Nee«, wand ich mich. »Ich hatte privat viel um die Ohren, aber das ist jetzt erledigt. Paß auf, heute ist Freitag, da fahr ich dir bestimmt drei-, vierhundert Mark.«

Er schnaubte und sortierte meine paar Scheinchen in seine Kasse ein. »Bald kann ich den Laden dicht machen, wenn das so weiter geht.«

Das harte Brot des Unternehmers. Wenn man Robbies Worten Glauben schenken wollte, stand er immer kurz vor dem Konkurs. Warum sein Fuhrpark andererseits ständig wuchs, blieb sein Geheimnis.

Draußen traf ich auf Art, der grade in die 429 stieg.

»Was machen die Ermittlungen in Sachen Blacky?« grinste er. »Hast du ihn schon am Schlafittchen?«

»Nein, aber vielleicht bald. Der Kerl ist gar keine so große Nummer. Gestern hab ich ihn ganz klein erlebt. Bei einem gewissen Heilmann.«

»Ist der auch im Nuttengewerbe?«

»Nein, er baut Häuser.«

»Schau an. Und wieso kuscht Blacky vor ihm?«

»Ich weiß es noch nicht. Aber ich glaube, daß es möglicherweise mit Martina zu tun hat. Sie kennt diesen Heilmann, er war Stammkunde bei ihr. Jetzt ist sie weg und er scheint ziemlich sauer zu sein.«

»Du meinst, er will sein Lieblingsspielzeug zurück?«

»Das weiß ich noch nicht. Aber vielleicht könnte dieser Heilmann ein Druckmittel gegen Blacky sein.«

»Na ja«, murmelte Art. »Viel Glück auch.«

Er ließ den Wagen an, drehte seine Radaumusik auf und fuhr davon.

14

Ich schmiedete Pläne. Als erstes Robbie besänftigen mit einer fetten Abrechnung. Kein Problem in einer Freitagnacht. Dann Blacky einen reinwürgen. Ihm mit Heilmann drohen. Einfach einen Schuß ins Blaue abgeben und sehen, wie er reagierte. Vielleicht reichte das schon, damit er seine Ganoven von ihrer Suche nach Martina zurückpfiff.

Dann ein paar grundlegende Veränderungen in meinem Leben. Vielleicht konnte ich ja in die Tagschicht wechseln. Und in der freien Zeit aufs Abendgymnasium, warum nicht? Etwas lernen, Abitur, nebenbei Geld sparen. Dann eine Buchhändlerlehre, nebenbei weiter Taxi, dann wieder nachts. Und irgendwann der eigene Laden. Ich würde meine Tage zwischen Hunderten von Büchern verbringen. Ihr Geist würde über mich wachen und meine Seele streicheln. Eins zu verkaufen, würde einen Verlust bedeuten, aber dafür würde ich ständig neue beim Großhandel bestellen können.

Nach Feierabend würde ich dann nach Hause in eine Wohnung kommen, die Martina ganz nach ihren Vorstellungen und ihrem Geschmack eingerichtet hatte, und natürlich würde ich mich dort sogar noch ein bißchen geborgener fühlen als in der Buchhandlung. Wir würden zusammen essen und uns von unserem Tag erzählen und…

Den Teufel würde sie! Sie hatte ihre eigenen Pläne und die sahen anders aus: eine Bar auf Barbados. Der Traum einer Frau, die Seidenunterwäsche trug und mit tausend Männern geschlafen hatte. Ich überlegte, ob es einen Mittelweg zwischen unseren Plänen geben könnte. Eine Buchhandlung auf Barbados? Eine Bar in Wiesbaden? Unwahrscheinlich.

Wie viele Männer es wohl tatsächlich gewesen waren? Wahrscheinlich spielte es keine Rolle. Sie hatte in jedem Fall genug gesehen und erlebt, um mehr über Männer zu wissen als jeder Mann. Wie man sie geil machte. Wie man ihre Geilheit befriedigte. Wie man sich selbst bei diesem Geschäft außen vor ließ. Mir fiel mein Traum der vorherigen Nacht ein und ich fühlte mich wieder genauso beklommen wie in dem Moment, als ich aufgewacht war.

Aber hatte sie mich nicht geküßt? Sie hatte.

Wohin Martina gehen würde, wenn ich Blacky dazu brachte, sie in Ruhe zu lassen, wußte ich nicht, aber vielleicht brauchte ich mir diese Frage auch noch gar nicht zu stellen. Bevor sie beantwortet werden konnte, mußte ich schließlich erst mal Punkt zwei meiner Pläne verwirklichen.

Und zuallererst natürlich Punkt eins, von dem sich meine Gedanken bereits gefährlich weit entfernt hatten. Wenn ich tatsächlich drei- bis vierhundert Mark Umsatz schaffen wollte, mußte ich mich auf die Straße und den Funk konzentrieren. Alles weitere war ohnehin Zukunftsmusik.

Ich stellte mich am Halteplatz Kurhaus an, wo man das Geld in den Taschen der Fahrgäste schon von Ferne riechen konnte. Der Fahrgast, der nach etwa einer Viertelstunde die Auffahrt hinuntergelaufen kam und zu mir einstieg, enttäuschte meine Hoffnungen nicht. Schwarzer Nadelstreifenanzug, getönte Brillengläser, graue Schläfen und er wollte nach Mainz.

»Ins Hyatt Hotel«, brummelte er und klimperte mit dem Kleingeld in seinen Taschen.

Ich tippte auf einen Besucher des Casinos. Die nervöse Art, mit der er die Münzen durch seine Finger gleiten ließ, verriet den Spieler.

»Haben Sie je den ›Spieler‹ von Dostojewski gelesen?« fragte ich ihn.

Er glotzte mich an. »Bitte?«

»Das Buch spielt zu großen Teilen hier in Wiesbaden im Casino.«

»Ach ja?« Es schien ihn nicht weiter zu beeindrucken.

»Ja«, versicherte ich. »Dostojewski selbst hat viel Zeit hier verbracht und eine Menge Geld verloren.«

»Hören Sie. Es wäre mir sehr recht, wenn Sie mich einfach zu meinem Hotel bringen und sich Ihre literarischen Exkurse für andere aufsparen könnten.«

Es war wohl kein gewinnbringender Abend für ihn gewesen. »Das haben wir jetzt davon, daß die ganzen Akademiker im Taxi landen«, knurrte er und schüttelte den Kopf. »Dostojewski, pfff.«

Ich verriet ihm nicht, daß ich lediglich Realschulabschluß hatte. Seine Vermutung bestätigte nur, was ich selbst längst wußte. Ich konnte mehr als bloß Taxifahren.

Von einem Zwanziger und einem Zehner mehr in meinem Portemonnaie beflügelt, donnerte ich über die Theodor-Heuss-Brücke zurück nach Wiesbaden. So konnte es weitergehen. Auf der Mainzer Straße schoß ich in die Stadt hinein. Der rote Schimmer des Crazy Sexy zu meiner Linken erinnerte mich an Punkt zwei meiner Pläne. Ich beschloß, nicht länger zu warten, sondern die Gelegenheit beim Schopf zu packen und einen Vorstoß zu wagen.

Ich stellte den Wagen auf dem Parkplatz ab und ging entschlossen die Treppe zum Haupteingang hinauf. Der leichte Schmerz, den ich beim Auftreten in meinem rechten Fußknöchel spürte, erinnerte mich an den Verlauf meiner letzten Begegnung mit Blacky Gundlach. Ich schob die Gedanken beiseite und bahnte mir meinen Weg durch den ungemütlichen Kachelgang. Die Frauen, die mich anschauten, ignorierte ich. Blackys roten Porsche hatte ich auf dem Parkplatz gesehen. Er mußte also da sein.

Ich drückte meinen Daumen auf die Klingel neben der Tür mit der Aufschrift »Büro«. Es dauerte nicht lange, bis sich die Tür öffnete und das gewünschte Gesicht im Rahmen erschien. Schwarzer Anzug, rotes Hemd mit bis über die Brust geöffneten Knöpfen und Pferdeschwanz.

»Guten Abend, Herr Gundlach. Ich komme von Herrn Heilmann. Justus Heilmann.«

Er musterte mich argwöhnisch, dann warf er einen Blick über meine Schulter auf seine Belegschaft, die zu uns hersah.

»Kommen Sie rein.«

Er winkte mich an sich vorbei, warf den Frauen noch einen Blick zu und schloß dann die Tür hinter sich. Das sogenannte Büro war ein schwach beleuchteter kleiner Raum mit kahlen Wänden. Mir gegenüber stand ein klotziger Schreibtisch, auf dem zwischen einem Wust von Papieren ein Telefon stand. Blacky hätte eine Sekretärin nötig gehabt. Rechts von uns war ein großer Blechschrank an die Wand gerückt. Daneben waren Pappkartons aufgestapelt. Ich ging darauf zu und schaute in einen der obersten hinein. Kondome. Es mußten alles in allem mehrere tausend Stück sein.

Zumindest an die Gesundheitsvorschriften schien Blacky sich also zu halten. Aber wahrscheinlich zerbrach sich darüber im Ordnungsamt der Stadt kaum jemand den Kopf. Nachdem sie die Prostitution bereits vor Jahren aus der Innenstadt verdrängt hatten, wurde das Crazy Sexy als letzte Bastion jenes Erwerbszweigs hier draußen an der Straße, die aus der Stadt herausführte, grade noch geduldet. Dahinter kam nur noch das städtische Tierheim, dann das Ortsendeschild.

Blacky konnte wahrscheinlich tun und bleiben lassen, was er wollte, solange seine Aktivitäten nicht die Wiesbadener Innenstadt erreichten. Typisch für eine Stadt, die alle unerwünschten Begleiterscheinungen urbanen Lebens in ihre Randbezirke abdrängte. Ein Renommierobjekt von einer Stadt, dessen Einwohner vor allem eins wollen: ihre Ruhe.

Auch ich hatte nie etwas anderes gewollt als meine Ruhe. Aber manchmal fand man nur schwer seine Ruhe vor der emsigen Beschaulichkeit dieser Stadt. Mit Martinas Ruhe war es jedenfalls seit ein paar Tagen vorbei. Und auch ich fühlte jetzt den Zorn in mir aufsteigen, als Blacky zu seinem Schreibtisch ging, sich in den Stuhl fallen ließ, der dahinter stand, und die Handflächen mit gespreizten Fingern aneinander legte.

»Also?« Er schaute mich an. »Was läßt Heilmann mir ausrichten?«

»Ich komme nicht von Heilmann«, sagte ich.

Er glotzte mich blöde an. Dann machte er den Mund auf, aber ich ließ ihn nicht zu Wort kommen.

»Ich bin über Ihre geschäftlichen Beziehungen zu Herrn Justus Heilmann im Bilde. Und ich könnte mir vorstellen, daß weder Sie noch Herr Heilmann allzu großen Wert darauf legen, daß diese Beziehungen publik werden. Ganz zu schweigen von der Tatsache, daß Ihre Leute sogar im Landtag verkehren. Das würde bestimmt einigen Staub aufwirbeln.«

Er machte große Augen. »Im Landtag? Wovon reden Sie denn da, welche Leute?«

»Von ihren Handlangern. Dem kleinen Dicken und dem großen Drahtigen, die Sie immer um sich haben.«

»Wie kommen Sie darauf, daß die beiden für mich arbeiten?«

»Sie sind ein schlechter Schauspieler, Herr Gundlach. Ich weiß besser über Sie Bescheid, als Sie glauben mögen. Zufällig weiß ich nämlich auch, womit Sie die beiden beauftragt haben. Und ich bin hier, um Ihnen zu sagen, daß Sie die beiden von ihrer Suchaktion zurückpfeifen können. Frau Röttger ist längst nicht mehr in der Stadt. Sie hat ihre geschäftliche Beziehung zu Ihnen beendet und Sie werden das entweder akzeptieren oder eine Menge Probleme kriegen.«

Seine Augen verengten sich zu Schlitzen, durch die er mich anvisierte. »Wer sind Sie?«

»Das spielt keine Rolle. Halten Sie sich nur an das, was ich Ihnen gesagt habe, dann können Sie weiter Ihre miesen kleinen Geschäfte durchziehen und hier den Pascha spielen. Ich persönlich würde Ihnen wirklich gerne die Hölle heiß machen, aber das wird nur dann passieren, wenn ich erfahren sollte, daß Sie Frau Röttger weiter nachspionieren.«

»Hat Melinda Sie beauftragt, mir das auszurichten?«

»Das braucht Sie nicht zu interessieren. Tun Sie einfach, was ich gesagt habe.«

Ich ging auf die Tür zu. Mit der Klinke in der Hand drehte ich mich noch einmal zu Blacky um.

»Eins noch – für den Fall, daß Sie so dumm sein sollten, meinen Ratschlag zu ignorieren. Sollte Frau Röttger auch nur ein Haar gekrümmt werden, sei es von Ihnen oder von Ihren Handlangern, dann komme ich zurück und bringe Sie um.«

Ich ging durch die Tür und schloß sie hinter mir. Noch einmal durch den widerlichen Kachelschlauch, vorbei an den gelangweilten Frauen, die sich jetzt nichts mehr von mir erhofften, außer daß ich sie in Ruhe ließ, und dann stand ich wieder draußen auf dem Parkplatz.

Zufrieden mit mir und meinem Auftritt ging ich zum Taxi. Ich wollte einsteigen, als mir der schwarze BMW auffiel, der ein paar Meter entfernt stand. Die beiden Ganovenvisagen saßen drin und hatten eine dieser großen braunen Packpapiertüten mit dem McDonalds-Emblem zwischen sich auf der Ablage des Armaturenbretts.

Sie schienen ganz vertieft in ihre Hamburger und ihre Pommes frites, aber trotzdem spürten sie wohl meinen Blick auf sich ruhen. Denn jetzt schaute der Große mit dem dünnen Haar auf und stieß seinen Kumpan mit dem Ellbogen an. Sie legten das Essen beiseite, stiegen aus und kamen auf mich zu. Ich überlegte, ob ich schnell das Weite suchen sollte, blieb aber bei der souveränen Rolle, die ich Blacky gegenüber gespielt hatte.

Der kleine Dicke mit dem Schnurrbart und den schwarzen Locken stapfte auf seinen kurzen Beinen energisch vor dem Großen her, dessen Bewegungen müde wirkten.

»Netter Zufall«, grinste mich der Kleine an und streckte mir die Hand entgegen. Ich nahm sie und er drückte ordentlich zu. »Du erinnerst dich doch noch an unser Gespräch von gestern?«

»Klar«, sagte ich.

»Und hast du die Frau von dem Foto vielleicht noch mal gesehen seit dem?«

»Nein. Ich hab euch doch schon gesagt, daß sie nicht mehr in der Stadt ist.«

»Ja, das dachten wir auch. Aber wir haben uns wohl geirrt. Man hat sie gesehen.«

»Unmöglich.«

»Wir wissen noch nicht, ob es sich um eine falsche Information handelt. Aber es besteht auf jeden Fall die Möglichkeit, daß sie noch in der Stadt ist. Du hast doch gesagt, sie fährt öfters mit dir?«

»Ja.«

»Also, wenn du sie sehen solltest, dann ruf uns an.« Er kramte in der Innentasche seiner Jacke und holte einen Notizblock mit Kugelschreiber heraus. Auf das obere Blatt schrieb er zwei Telefonnummern, riß es ab und hielt es mir hin. Ich nahm es und er zwinkerte mir zu. »Könnte was für dich dabei rausspringen.«

Mit diesen Worten ließen sie mich stehen und gingen zurück zu ihrem Wagen. Ich schaute auf den Zettel in meiner Hand. Mein erster Impuls war, ihn zu zerknüllen und wegzuwerfen. Dann faltete ich ihn zusammen, steckte ihn in die Hosentasche und stieg in den Wagen.

Während ich vom Parkplatz fuhr, beobachtete ich den schwarzen BMW im Rückspiegel. Die beiden widmeten sich wieder ihren Hamburgern und machten keine Anstalten, mir zu folgen.

15

Nach dem Essen bestellte ich mir noch einen Kaffee, lehnte mich zurück und zündete mir eine Zigarette an. Das schmierige Licht des Hühnerhofs lullte mich ein, aber der Kaffee und das Nikotin schärften meine Sinne wieder. Der kleine schwarzhaarige Kellner wischte bereits die Tische ab und leerte die Aschenbecher aus. Ich sah auf die Uhr. Viertel nach zwölf. Der Samstag hatte bereits begonnen, die Hälfte der Schicht hatte ich hinter mir, knapp zweihundert Mark, die Hälfte des angepeilten Umsatzes, bereits zusammen. Meine Essenspause hatte nur etwas mehr als eine halbe Stunde gedauert. Ich gab mir noch zehn Minuten zum Verdauen.

Das Grillhähnchen war nicht schlecht gewesen, aber mit Martinas Coq au vin hatte es nicht mithalten können. Nicht daß ich das erwartet hatte, aber es war der Gedanke an dieses Gericht gewesen, der mich hierher getrieben hatte. Und der Anblick der beiden Ganoven mit ihren Hamburgern hatte mir den Appetit auf Fast Food für diesen Abend komplett vergehen lassen.

Mittlerweile würde Blacky sie wohl hoffentlich ins Gebet genommen haben, so daß sie Martina in Ruhe ließen. Was ich tun würde, falls das nicht der Fall war, wußte ich noch nicht. Aber ich war zuversichtlich. Außerdem schienen die beiden ohnehin nicht die Hellsten zu sein. Schon allein dieser lächerliche Versuch eines Bluffs von dem Kleinen. ›Man hat sie gesehen.‹ Was hatte er erwartet? Daß ich daraufhin schwach wurde und ihm erzählte, wo sie war?

Wenn sie wußten, daß sie bei mir zu Hause war, hätten sie sich dieses Manöver sparen können. In dem Fall brauchten sie mir bloß unauffällig bis nach Hause zu folgen. Folglich wußten sie es nicht. Sie wollten mir bloß auf den Zahn fühlen, weil ich zugegeben hatte, daß ich sie kannte.

Die größte Unverschämtheit war, daß sie mir eine Belohnung in Aussicht gestellt hatten. Miese Charaktere scheinen erstaunlich oft dem Irrtum verfallen zu sein, daß alle anderen genauso mies sein müßten wie sie selbst. Jedenfalls schien es Blacky einiges wert zu sein, Martina in die Finger zu kriegen.

Ein Rosenverkäufer störte mich aus meinen Gedanken auf. Wortlos, mit bittendem Blick, hielt er mir seinen Strauß unter die Nase. Diese Kerle konnten eine echte Plage sein. Dieser hier sah mir nach Pakistani aus.

»Was kostet eine?« fragte ich.

Er hielt fünf Finger in die Höhe. Wahrscheinlich konnte er nicht ein Wort Deutsch.

»Ganz schon teuer«, brummte ich. »Aber ich nehm eine.«

Ich zog das Portemonnaie aus der Hosentasche und hörte, wie etwas auf den Boden fiel. Nachdem ich dem Rosenverkäufer sein Geld gegeben hatte, bückte ich mich danach. Es war der Zettel, den mir der kleine Ganove gegeben hatte. Ich entfaltete ihn und sah ihn mir noch einmal an. Die obere Nummer hatte eine Frankfurter Vorwahl, die untere war eine Handynummer.

Es wunderte mich, daß jemand wie Blacky bis nach Frankfurt gehen mußte, um zwei Ganoven zu finden, die für ihn die Drecksarbeit machten. Oder hatte er vielleicht Verbindungen zur dortigen Szene? Immerhin konnte sein Gewerbe dort ein ganzes Viertel für sich in Anspruch nehmen, während er in Wiesbaden so etwas wie ein Monopolist war. Vielleicht hatte mir der kleine Idiot mit dieser Telefonnummer ungewollt ein weiteres Druckmittel gegen Blacky in die Hand gegeben.

Ich nahm meine Rose, bezahlte das Essen an der Kasse und ging über die Straße zum Auto. Nur ein Stückchen die Friedrichstraße rauf gab es drei Telefonzellen. Dort parkte ich halb auf dem Bordstein und ging in die erste Zelle.

Ich wählte die Frankfurter Nummer, drückte mir den Hörer mit der rechten Hand ans Ohr und hielt mit der linken die Sprechmuschel zu. Ich wollte nicht mehr als einen Namen.

Nach vier Freizeichen wurde am anderen Ende der Leitung abgenommen. Dachte ich jedenfalls. Dann merkte ich, daß ich es mit einem Anrufbeantworter zu tun hatte.

»Guten Tag, sie sind verbunden mit dem Büro der HPS Secur, Sicherheitsdienste. Sie rufen außerhalb unserer Bürozeiten an. Bitte versuchen sie es noch einmal von Montag bis Freitag zwischen neun und sechzehn Uhr oder hinterlassen sie eine Nachricht nach dem Signalton. Vielen Dank und auf Wiederhören.«

Ich legte auf. Meinen Namen hatte ich. HPS Secur, Sicherheitsdienste. Nicht ganz das, was ich erwartet hatte. Die Ganovenvisagen hatten also eine weiße Weste.

Aber hatte Martina nicht gesagt, daß Blacky die beiden Typen angeheuert haben mußte? An dem Auftrag, eine verschwundene Person zu suchen, war ja zunächst mal nichts Illegales. Und wußte der Teufel, was für eine Geschichte er ihnen über Martina und die Gründe ihrer Flucht aufgetischt hatte. Ganz sicher kam sie in dieser Geschichte nicht gut weg. Er dafür wahrscheinlich um so besser. Wahrscheinlich als Opfer einer bösartigen Unterschlagung seiner Mitarbeiterin.

Was ich nicht verstand, war, daß Blacky sich an einen Sicherheitsdienst gewandt hatte. Waren für solche Fälle nicht eher Privatdetektive zuständig? Aufgabe von Sicherheitsbeamten war es doch wohl, für Schutz zu sorgen. Und nicht, Leute zu suchen. Aber wahrscheinlich gab es auch in dieser Branche genug Leute, die sich flexibel zeigten, wenn nur die Kasse stimmte.

16

Der Knöchel meines rechten Fußes würde bald genauso aussehen wie die Flecken auf Martinas Wange und Stirn. Während deren schillernde Farben jedoch bereits ausbleichten, schickte sich der matte Fleck auf meinem geschwollenen Knöchel erst an, sein Farbspektrum voll zu entfalten. Auch der Abdruck des Hundegebisses auf der Wade hatte sich verfärbt. Zwei Halbkreise kleiner, blau umrandeter Löcher zeigten an, wo der Köter seine Zähne in mein Fleisch gegraben hatte. Ich stand vorsichtig von der Couch auf, stieg in meine Hose und zog die Socken an, damit Martina keine Fragen stellen konnte.

Ich konnte das Geklapper ihrer Frühstücksvorbereitungen in der Küche hören. Die Rose, die ich in der leeren Rotweinflasche auf den Küchentisch gestellt hatte, mußte sie mittlerweile entdeckt haben.

Den Schmerz beim Auftreten ignorierend, ging ich in die Küche und zeigte Martina ein Lächeln.

Sie lächelte zurück. »Wo kommt denn die Blume her?«

Ich griff nach dem Stuhl, der auf meiner Seite des Tisches stand und ließ mich darauf nieder. »Hab ich dir mitgebracht.«

»Danke«, sagte sie. »Ich mag Rosen.«

Ich räusperte mich. »Sollte nur eine kleine Aufmerksamkeit sein. Als Zeichen für meine ... Dankbarkeit. Ich meine, du machst jeden Tag das Frühstück, du hast für mich gekocht und so weiter ...«

Ich hätte mich ohrfeigen können.

»Hey, also wenn hier jemand Anlaß hat, sich dankbar zu zeigen, dann bin das wohl ich«, sagte sie. »Und das bißchen Frühstück plus einmal Kochen können wohl kaum aufwiegen, was du für mich getan hast.«

Ich nuschelte irgendwas in meinen Bart, das die Worte »gern geschehen« enthielt.

»Wahrscheinlich kannst du auch bald wieder nach Hause. So wie es aussieht, wird Blacky dich ab sofort in Ruhe lassen.«

Sie schaute ungläubig.

»Ich war gestern bei ihm«, erklärte ich. »Hab ihm ein bißchen Angst eingejagt. Ich glaube, es hat was bewirkt.«

»Mein Gott, bist du verrückt?«

»Nein, ich hab nur getan, was getan werden mußte. Schließlich kannst du dich nicht ewig vor dem Arschloch verstecken.«

»Wird dir meine Anwesenheit zuviel?«

»Nein! Nein nein, darum geht es nicht. Wirklich! Wegen mir kannst du so lange hier bleiben, wie du willst. Ich will dir nur helfen, von diesem Arschloch loszukommen.«

»Das ist wirklich sehr lieb von dir, aber du weißt nicht, auf was du dich da einläßt.« Ihr Tonfall wurde beschwörend. »Du mußt aufhören, hinter ihm her zu spionieren und ihm Ärger zu machen.«

»Der Kerl macht *dir* Ärger!«

»Ja, aber damit werde ich schon fertig. Du hilfst mir schon mehr als genug damit, daß du mich hier versteckst. Außerdem wird er so nur unnötig aufmerksam auf dich und findet vielleicht noch heraus, daß ich bei dir bin.«

»Da brauchst du dir keine Sorgen zu machen. Die beiden Typen, die er auf dich angesetzt hat, sind nicht besonders tüchtig in ihrem Job. Sie wollten mich gestern mit einem Bluff dazu bringen, ihnen doch noch was über dich zu erzählen. Sie haben behauptet, man hätte dich in der Stadt gesehen.«

»Wer soll mich gesehen haben?«

»Das haben sie natürlich nicht gesagt. Ich hab aber rausgefunden, daß die beiden für eine Sicherheitsfirma arbeiten. HPS Secur in Frankfurt.«

Martina schob ihren Teller von sich weg und sah mich an. »Hast du mal eine Zigarette für mich?«

»Du rauchst?«

Seit sie bei mir war, hatte sie keine Zigarette angerührt.

»Selten«, sagte sie. »Aber jetzt hätte ich gerne eine.«

Ich stand auf, holte mein Päckchen im Nebenzimmer und brachte es ihr.

»Seit wann humpelst du denn?« fragte sie, als ich wieder saß.

»Wer? Ich?«

»Ja, du.«

»Ach, das ist nichts.« Ich winkte ab. »Nur ein Taxibein.«

Sie zündete sich eine Zigarette an und nahm einen tiefen Zug. »Taxibein?«

»Ja, wie der Tennisarm. Kommt vom vielen Gasgeben.«

Sie lächelte leicht.

»Diese Sicherheitstypen«, fiel mir ein, »die verkehren übrigens auch im Landtag. Ich weiß allerdings nicht, ob das mit ihrem Job für Blacky zu tun hat. Der schien tatsächlich etwas überrascht, als ich ihm davon erzählt habe.«

Martinas Finger spielten nervös mit dem Feuerzeug herum. Sie nahm tiefe Züge von ihrer Zigarette und sagte keinen Ton.

»Was ist denn los?« fragte ich vorsichtig.

»Weißt du, ...« Sie drückte die Zigarette auf ihrem Teller aus. »Möglicherweise hat da jemand Angst, ich könnte nach meinem Ausstieg aus dem Begleitservice Sachen ausplaudern, die ich bei den Gesellschaften aufgeschnappt habe. Seitdem ich von der Bildfläche verschwunden bin, sind wahrscheinlich einige Leute ziemlich beunruhigt.«

»Wer denn?«

»Heilmann zum Beispiel. Du hast doch gesagt, er schien ziemlich wütend zu sein. Bei den Gesellschaften, die wir für ihn arrangiert haben, waren etliche seiner Geschäftsfreunde dabei. Die waren dann meistens irgendwann betrunken und haben den Mädchen gegenüber kein Blatt vor den Mund genommen.«

»Er war Blacky gegenüber auf jeden Fall ziemlich sauer wegen irgendwas. Gäbe es denn da etwas, was sich lohnen würde auszuplaudern?«

»Na ja, an einem Abend war zum Beispiel ein ganz spezieller Freund von Heilmann dabei.«

»Ein spezieller Freund?«

»Derjenige, den die beiden Sicherheitsbeamten wahrscheinlich im Landtag besucht haben.«

»Jemand, der im Landtag sitzt? Wer denn?«

»Der Kerl, der da das Sagen hat.«

Ich kapierte nicht.

Sie half mir auf die Sprünge. »Unser Ministerpräsident. Norbert Klug.«

Ich stieß einen leichten Pfiff aus. »Du meinst, Heilmann und Klug machen zusammen einen drauf im Puff?«

»Nicht im Puff. Es war eine Gesellschaft, in einem Hotel. Ich habe solche Sachen öfter für Heilmann arrangiert. Alles inklusive, Hotelzimmer, Getränke, Essen und Mädchen.«

»Und jetzt, glaubst du, befürchtet er, daß du Klugs Anwesenheit bei einem seiner Gelage ausplaudern könntest?«

»Vielleicht ist es ja gar nicht er, der Angst hat, sondern Klug.«

Ich dachte nach. »Ja, das ist gut möglich.« Mir kam eine Idee. »Vielleicht hat ihm jemand Angst gemacht. Vielleicht hatte der Besuch der beiden Sicherheitsfuzzies im Landtag doch etwas mit ihrem Job für Blacky zu tun.«

»Wie meinst du das?«

»Hast du Blacky von dieser Gesellschaft erzählt? Ich meine, daß Klug auch da war.«

Sie nickte.

Ich erhob mich von meinem Stuhl. Der Knöchel schmerzte, aber ich brauchte etwas Bewegung. »Okay. Dann nehmen wir mal an, Blacky wittert da ein Geschäft. Er läßt Klug anonym ausrichten, daß man über seine Beziehungen zu Heilmann Bescheid weiß. Als Überbringer der Botschaft benutzt er die beiden Sicherheitstypen. Wahrscheinlich sind die auch von der Sorte, die für Geld so ziemlich alles machen. Und um Klug deutlich zu machen, daß sie wissen, wovon sie reden und nicht bloß Wind machen, erwähnen sie die kleine Gesellschaft im Hotel. Klug kriegt Muffensausen und erzählt Heilmann von der Sache. Und was macht Heilmann? Als erstes versucht er natürlich, mit dir Kontakt aufzunehmen. Aber er erreicht bloß Blacky, weil du nicht mehr da bist. Und Blacky erzählt ihm irgendeinen Mist über dein Verschwinden und daß du aussteigen willst. Die logische Schlußfolgerung für Heilmann lautet, daß du hinter dem Besuch bei Klug steckst. Er zitiert Blacky zu sich und macht ihm die Hölle heiß. Blacky läßt Heilmann natürlich in seinem Glauben, das paßt ihm nur zu gut. Heilmann fordert von Blacky, daß er dich ausfindig macht und dir Einhalt gebietet. Blacky verspricht ihm das und schickt seine Sicherheitstypen auf die Suche nach dir. Allerdings nicht, um dir Einhalt zu gebieten, sondern um dich aus dem Verkehr zu ziehen. Falls nämlich Heilmann oder Klug selbst ihre Häscher ausschicken und die dich vor ihm finden, fällt sein Kartenhaus zusammen. Du könntest ihnen erzählen, daß du mit der Sache gar nichts zu tun hast. Und dann müßten sie sich an den wahren Erpresser halten, an Blacky.«

Martina schaute mich an.

»Glaubst du nicht, daß es so sein könnte? Eine Erpressungsgeschichte? Das würde doch zu dem schmierigen Kerl passen. Außerdem könnte er gleichzeitig dir damit auch noch eins auswischen. Du hast gesagt, er wartet schon seit langem auf so eine Gelegenheit.«

»Weißt du«, sagte sie, »diese Gesellschaften, das war etwas, was Heilmann gemacht hat, um Vertragsabschlüsse mit seinen Geschäftspartnern zu feiern. Sozusagen als kleines Dankeschön.«

»Das heißt, er hat Geschäfte mit Klug gemacht?«

Sie nickte. »Und an dem bewußten Abend, da haben sie das da gefeiert.«

Sie zeigte aus dem Fenster. Die Baulücke. Das Schild.

Stadtteilsanierung »Westend«. Hier entstehen neue Wohn- und Gewerbeflächen. Bauausführende Firma: Heilmann. Finanziert aus Sanierungsfördermitteln des Landes Hessen. Ihr Tiefbauamt.

Ich hatte mich bereits an dem Tag, an dem das Schild aufgestellt wurde, gefragt, wieso das Land Hessen die Sanierung des Wiesbadener Westends bezuschußte. Es schien keinen Sinn zu machen. Jetzt verstand ich die Gründe. Die Antwort lag in dem Satz: *Bauausfüh-*

rende Firma: Heilmann. Wie hatte Martina gesagt: Jemand wie der hat überall Freunde.

»Also, wenn da was dran ist, dann reicht das aber für 'ne millionenschwere Erpressung. Und es würde ihnen sogar recht geschehen. Dann müßte Klug zumindest ein bißchen was von dem wieder abgeben, was er wahrscheinlich von Heilmann für die kleine Hilfestellung bekommen hat. Schade nur, daß ein Arschloch wie Blacky der Nutznießer wäre.«

»Vielleicht ist aber auch alles ganz anders.«

»Aber wenn es stimmt, dann bist du in Gefahr. Du hast Klug und Heilmann zusammen gesehen. Für die bist du eine Bedrohung. Und Blacky sucht ohnehin nach dir.«

»Na ja«, sagte sie langsam. »Aber schließlich weiß niemand, wo ich bin.«

»Vielleicht doch. Angenommen die Sicherheitsfuzzies sind doch etwas schlauer. Dann haben sie's vielleicht geschafft, mir bis hierher zu folgen, ohne daß ich sie bemerke. Womöglich warten sie nur auf 'ne Gelegenheit, meine Wohnung mal unter die Lupe zu nehmen, sobald ich arbeiten gehe. Ich sag besser meine Schicht für heute ab und bleib hier bei dir.«

»Nein, nein. Hier finden sie mich nicht. Geh arbeiten.«

»Und wenn sie tatsächlich herkommen?«

»Das werden sie nicht.«

»Bist du dir da so sicher?«

»Ja«. Sie lächelte. »Du hättest sie bemerkt, wenn sie dir gefolgt wären. Du hast selbst gesagt, ich soll mir keine Sorgen machen. Außerdem möchte ich nicht, daß du wegen mir auf deinen Verdienst verzichtest. Du hast mir wirklich schon mehr als genug geholfen.«

»Quatsch. Von einer ausgelassenen Schicht werde ich nicht arm. Ich bleib hier.«

Sie stand auf und faßte mich bei den Armen. »Bitte. Das kann ich nicht zulassen. Ich stehe jetzt schon so tief in deiner Schuld, daß ich überhaupt nicht weiß, wie ich das je wieder gut machen soll.«

Ich konnte ihre Haare riechen. Ihre Hände auf meinen nackten Unterarmen. Ich rückte etwas von ihr weg, weil ich Angst hatte, sie könnte meine Erektion bemerken.

»Du mußt überhaupt nichts gut machen«, sagte ich, ohne sie anzusehen.

Sie strich sich die Haare auf einer Seite hinters Ohr. »Das würde ich aber gerne. Was du für mich getan hast, war nicht grade selbstverständlich.«

Mir fiel keine Antwort darauf ein. Oder besser, die, die mir einfiel, brachte ich nicht heraus.

»Ich weiß, daß es mir nicht zusteht, dich um noch mehr Gefallen zu bitten«, sagte sie. »Aber wenn du mir einen tun willst, dann geh arbeiten. Ich kriege sonst wirklich Gewissensbisse.«

»Na gut«, sagte ich. »Aber wohl ist mir nicht dabei.«

Samstagabend. Großkampftag. Ich fuhr einer anstrengenden Schicht entgegen. Die Tagmenschen versammelten sich in der Arena der Nacht, beladen mit der Wut einer anstrengenden Arbeitswoche und bereit, innerhalb weniger Stunden alles das nachzuholen, was die letzten fünf Tage zu kurz gekommen war. Sie würden es nicht schaffen. Sie schafften es nie. Und das Wissen darum ließ es sie um so verzweifelter versuchen. Man konnte froh sein, wenn sie bloß einen Redeschwall über einen hinweg schwappen ließen. Kotze, Speichel oder Blut auf den Sitzen und den Fußmatten ließen sich ungleich schwerer wieder entfernen.

Der Himmel hing voller Wolken. Sie beschleunigten das Einsetzen der Dunkelheit, warfen ihre Schatten über die Stadt und meine Gedanken.

Norbert Klug – ein Politiker, von dem ich schon immer das Schlimmste angenommen hatte. Justus Heilmann – ein Unternehmer, der zum Wohle seines Bankkontos Leute wie mich aus ihren Wohnungen trieb. Rainer Gundlach – ein schmieriger Möchtegern, der bei den Großen ein bißchen was für sich abzweigen wollte. Die beiden Sicherheitsbeamten – gewissenlose Handlanger, die nicht nach dem Sinn und Zweck ihres Tuns fragten, solange nur die Kasse stimmte. Sie spielten in verschiedenen Ligen, aber der Geist, der sie trieb, war ein und derselbe.

Martina mochte ihr schmutziges Spiel mitgespielt, ihren Anteil daraus gezogen haben, aber sie war nicht wie sie. Eine Frau mit ihrer Lebensgeschichte. Was wollte sie denn schon? Unabhängigkeit. Kontrolle. Kontrolle über ihr eigenes Leben, ihren eigenen Körper. Und genau auf sie richtete sich nun die blinde Vernichtungswut der Aasgeier, die sie so lange in ihrem Spiel geduldet hatten, wie sie bloß ein Werkzeug ihrer eigenen Pläne und Gelüste war. Ich wettete, daß Norbert Klug sich noch nicht mal mehr an ihr Gesicht erinnerte. Ich konnte es in meinen Gedanken zusammensetzen bis ins kleinste Detail. Ich hätte es sogar gekonnt, wenn ich ihr nur einmal begegnet wäre. Aber für Klug war sie wahrscheinlich nicht mehr als eine kleine Nutte, von der er alles bekommen hatte, was er wollte, und die nun beseitigt werden mußte, weil sie Probleme machte.

Es war die Welt dieser Menschen, die mich dazu gebracht hatte, es in Ordnung zu finden, nur ein Taxifahrer zu sein. Einer, der an der Welt nicht teilnahm, der nur durch sie hindurchfuhr. Wäre es bloß nach mir gegangen, hätte ich diesen Entschluß aufrecht erhalten. Aber es ging nicht mehr bloß nach mir. Bei mir zu Hause saß eine Frau, in deren Gesicht die Faust Gundlachs, angefeuert vom Geld Heilmanns und der Macht Klugs, ihre Spuren hinterlassen hatte. Es wurde Zeit, daß ich *meine* Spuren in dieser Welt hinterließ.

17

Es hatte zu regnen begonnen. Das Licht der Straßenlaternen spiegelte sich in den Pfützen im Rinnstein. Autos und Ampeln malten ein zerfließendes Kaleidoskop aus rot, orange, grün und weiß auf meine Windschutzscheibe, als ich den Kaiser-Friedrich-Ring hinunterfuhr. Nur wenige Menschen waren auf dem Bürgersteig zu meiner Rechten unterwegs. Ich erkannte die Spaziergängerin. Klein, behäbig, über ihren Stock gebeugt, bewegte sie sich vorwärts. Ihr als einziger schien der Regen nichts auszumachen. Alle anderen Passanten hatten es eilig. Auf nervösen Beinen hasteten sie unter ihren Schirmen nach Hause, in die Kneipe, zu ihrem Bus oder ihrer Bahn. Ich fuhr einladend langsam an ihnen vorbei, aber keiner wollte ein Taxi.

Die große Uhr am Hauptbahnhof zeigte halb acht. Der Halteplatz am Seiteneingang war ausnahmsweise nicht mit Taxis verstopft. Ich beschloß, es hier zu probieren.

Acht Taxen waren noch vor mir dran. Ich zündete mir eine neue Zigarette an, lehnte mich im Sitz zurück und nahm mein Portemonnaie aus der Seitenablage der Fahrertür, um die Scheine zu zählen. Es waren 90 Mark. Zufrieden stopfte ich das Portemonnaie wieder an seinen Platz. Dabei fiel mein Blick auf etwas Helles, das in der Nische zwischen meinem Sitz und der Tür steckte. Es war ein Buch. Ich griff danach und holte die »Reise ans Ende der Nacht« hervor.

Ich mußte es bereits vor Tagen im Taxi vergessen haben. Der Tagfahrer hatte mich nicht darauf angesprochen. Statt dessen hatte er es einfach in dieser Nische verschwinden lassen. Ich stellte mir vor, wie er hineingeschaut, ein paar Zeilen gelesen, den Kopf geschüttelt und dann nach einem Ort gesucht hatte, an dem er es aus seinem Blickfeld verbannen konnte.

Ich strich mit der Hand über den leicht verknickten Umschlag. Dann blätterte ich bis zu der Seite, auf der das Motto des Romans gedruckt stand: das Lied der Schweizer Garden von 1793. Es war auf Französisch wiedergegeben, aber ich hatte es mir vor Jahren mit Hilfe eines Wörterbuchs übersetzt: »Unser Leben ist eine Reise / Im Winter und in der Nacht / Wir suchen unseren Weg / Am Himmel, wo nichts leuchtet.«

Auch der Himmel, zu dem ich jetzt aufsah, war dunkel. Aber doch nicht ganz. Da war der Mond. Sein Licht drang durch die Wolken. Wenn man sich also nach dem Himmel orientieren wollte, gab es dort doch zumindest einen Wegweiser, der nie erlosch. Der selbst die dunkelste Nacht noch mit Licht versorgte. Und war es nicht auch Céline genau darum gegangen – um eine Reise ans *Ende* der Nacht? Wozu sonst überhaupt die Reise antreten, durch den Winter und die Nacht?

»Zum Crazy Sexy!«

Eine sonore Stimme, dicht an meinem rechten Ohr.

Ich drehte meinen Kopf und schaute einem Mann ins Gesicht, der fast lautlos die Tür des Wagens geöffnet haben und in den Beifahrersitz geglitten sein mußte. Oder war ich so sehr in meine Gedanken vertieft gewesen, daß ich ihn nicht bemerkt hatte? Vielleicht hatte auch das gleichmäßige Prasseln des Regens die Geräusche, die er beim Einsteigen gemacht hatte, übertönt. Jedenfalls schien seine Aufforderung mehr aus meinem eigenen Kopf als aus seinem Mund zu kommen.

Ich schaute ihn an. Hatte er wirklich etwas gesagt? Hatte er das gesagt, was ich gehört hatte?

Auch er schaute mich jetzt an. »Wollen Sie nicht den Wagen anlassen?«

»Könnten Sie das Fahrziel noch mal wiederholen?«

»Sie sind wohl neu, was?«

»Ich fahre seit zwölf Jahren.«

»Seit zwölf Jahren? Da müßten Sie aber doch das Crazy Sexy kennen. Das ist grade hier um die Ecke, zweimal rechts und wir sind da. Mainzer Straße.«

»Das weiß ich selbst. Ich war mir bloß nicht sicher, ob ich Sie richtig verstanden habe.«

Ich ließ den Wagen an, drückte die Uhr und fuhr los.

»So, und hier direkt nach rechts«, sagte mein Fahrgast.

»Hören Sie«, blaffte ich, »ich hab's Ihnen grade schon einmal gesagt: Ich weiß, wo das Crazy Sexy ist! Sie können sich Ihre Anweisungen also sparen.«

»Mein Gott, sind Sie aber empfindlich.«

Von diesem Fahrgast bekam ich kein Trinkgeld. Nachdem er durch das Portal neben dem Neonschild mit dem Zug verschwunden war, machte ich den Motor aus und das Radio an. Das Cassettendeck spielte Beethovens Fünfte. Eine Musik aus einer anderen Welt. Einer, in der ein Blacky keine Chance hatte – und auch ein Heilmann und ein Klug nicht. In der Menschen wie Martina bekamen, was ihnen zustand, ohne sich an einen Blacky, einen Heilmann oder einen Klug verkaufen zu müssen.

Hinter meinem Seitenfenster tauchte etwas Schwarzes auf. Eine Lederjacke. Dann ein Gesicht, das sich herunterbeugte und durch den an der Scheibe herablaufenden Regen zu mir hereinsah. Schwarze lockige Haare, die sich wie ein Lorbeerkranz um den Kopf des Besitzers rankten. Ein schwarzer Schnurrbart und volle Wangen. Der Kleine grinste mich an. Ich schaute nach rechts und sah, daß sein großer Kumpan sich auf der anderen Seite des Wagens aufgebaut hatte.

Ich ließ das Fenster runter. Der Regen klatschte mir ins Gesicht.

»Na, schon wieder hier?« grinste der Kleine.

»Ja.«

»Wartest du auf Fahrgäste?«

»Ja, genau.«

»Komisch, und ich dachte, ich hätte gesehen, wie du grade einen Fahrgast hergebracht hast.«

Ich schwieg.

»Also, auf was wartest du? Oder sollen wir lieber fragen, auf wen? Du weißt doch, daß sie nicht hier ist, oder? Ich schätze, du weißt sogar besser als wir, wo sie jetzt ist.« Er steckte die Hand in die Tasche seiner Jacke. »Weißt du, wir hatten gestern noch 'ne interessante Unterhaltung mit Gundlach. Direkt nach unserem Gespräch. Er sagte, du seist der persönliche Beschützer von Melinda Röttger.«

Ich ließ den Wagen an. Der Kleine zog die Hand aus der Tasche und zeigte mir eine Pistole.

»Wir sollten uns mal eingehend unterhalten. Mach den Motor aus und steig aus.«

Ich tat, was er sagte. Seine Pistole sah mir ziemlich klein aus, aber wenn er bereit war, sie zu benutzen, hätte ich dem wohl kaum etwas entgegenzusetzen.

Sie ließen mich vorangehen. Der Kleine steckte die Hand mit der Pistole wieder in seine Jackentasche zurück und folgte mir an der Seite seines Kumpans. Wir gingen die Treppe hinauf, durch den Schlachtereivorhang hinein in den Kacheltunnel, der von der Musik widerhallte, die hinter den verschlossenen Türen erklang. Die Frauen richteten ihre Blicke demonstrativ auf den Boden, die Decke, aufeinander. Nur nicht auf uns.

Ich ging auf die Tür zum Büro zu.

»Wo willst du denn hin?« schnarrte der Kleine.

»Na, zu eurem Auftraggeber.«

»Den findest du hier nicht. Wir gehen da drüben rein.«

Er stieß mich nach rechts, in ein Zimmer, dessen Tür offen stand. Die Frau auf dem Barhocker neben der Tür sprang auf.

»Wir brauchen mal ein ruhiges Plätzchen«, sagte der Kleine und schüttelte seine nassen Locken. »Für ein Gespräch mit unserem Freund hier. Euer Chef weiß Bescheid, das geht in Ordnung.«

Er trat zu mir ins Zimmer, sein großgewachsener Partner zog die Tür hinter sich zu und stellte sich mit dem Rücken davor. Das grelle Rot der Zimmereinrichtung sprang mich an und ließ meine Nervenstränge vibrieren. Alles war hier rot. Der Teppichboden. Die Wände. Die Bettwäsche. Der Schirm der kleinen Lampe, die das einzige Licht spendete. Der Raum war rechteckig, fast quadratisch. Das große, flache Bett nahm einen Großteil seiner Fläche ein. Mehr als ein paar Schritte in jede Richtung waren nicht möglich.

»Mach's dir bequem«, sagte der Kleine.

Der Große blieb bei der Tür stehen. Aus dem Nachbarzimmer drang ein Gelächter, das meine gereizten Nerven zusätzlich anstachelte.

»Wenn ihr von mir wissen wollt, wo Frau Röttger sich aufhält, sind eure Anstrengungen umsonst. Ich kann euch bloß sagen, daß sie verreist ist. Wohin, weiß ich nicht. Mein Besuch bei Gundlach war ein kleiner Gefallen von mir an sie. Sie war immer nett zu mir. Und bevor sie verreist ist, hat sie mir erzählt, daß Gundlach sie geschlagen hat und sie nicht gehen lassen wollte. Also dachte ich, ich versuche ihm ein bißchen Angst einzujagen, damit er nicht versucht, sie aufzuspüren, um ihr noch mehr anzutun.«

»Nette Geschichte«, sagte der Kleine. »Haut aber nicht hin. Man hat sie gestern noch hier in der Stadt gesehen. Sie ist also nicht verreist, sondern hält sich irgendwo versteckt.«

»Das ist vollkommen unmöglich.«

»Wieso sollte es unmöglich sein?«

»Weil sie bereits vor ein paar Tagen abgereist ist.«

Er schüttelte den Kopf. »Sie war am Freitag um viertel nach fünf am Tresorschließfach ihrer Bank. Der Filialleiter hat's uns bestätigt. Sie hat ihn extra vorher angerufen, weil die Bank nämlich schon um vier schließt. Er mußte hinkommen, um sie reinzulassen. Das heißt, er hat sie selbst gesehen. Irrtum ausgeschlossen.«

Aus dem Nachbarzimmer kam jetzt ein kehliges Stöhnen, das meine vibrierenden Nervenenden wie mit einer Nagelfeile bearbeitete. Freitag. Viertel nach fünf. Um diese Zeit hatte ich in Biebrich im »Hautnah« gestanden und die Unterwäsche besorgt, um die Martina mich gebeten hatte. Es war kurz vor sechs gewesen, als ich wieder bei ihr zuhause war. Sie hatte toll ausgesehen. Ausgehfertig.

Ich preßte eine Hand gegen meine Stirn, dann schüttelte ich den Kopf. Es half etwas.

Wenn Martina tatsächlich auf ihrer Bank gewesen war, hätte sie mir davon erzählen müssen? Gab es eine Verpflichtung für sie, mich in ihr ganzes Leben einzuweihen? Und was für eine Rolle spielte dieser Bankbesuch überhaupt? Ich hatte ihr von Blacky und seinen beiden Handlangern erzählt. Daß sie hinter ihr her waren. Vielleicht hatte sie die Gelegenheit genutzt, um ein Schriftstück oder kompromittierendes Material bei der Bank zu hinterlegen. Für den Fall, daß ihr etwas zustieß.

»Sie haben es gestern schon mit demselben Bluff versucht«, sagte ich zu dem Kleinen. »Und jetzt haben Sie damit auch nicht mehr Erfolg. Ich habe Ihnen bereits alles gesagt, was ich weiß. Selbst wenn Ihre Behauptung stimmen sollte, kann ich Ihnen nicht weiterhelfen. Mir hat Frau Röttger gesagt, sie würde verreisen.«

»Fällt mir schwer, das zu glauben. Nach der ganzen Art und Weise, wie du dich für sie engagiert hast.«

Ich zuckte die Achseln.

»Was ist das mit dir und ihr? Bist du in sie verknallt? Hat sie dir Geld gegeben?«

Ich schüttelte den Kopf.

»Paß auf. Wenn's um Kohle geht, dann bist du bei uns an der besseren Adresse. 'Ne verwertbare Information könnte dir ordentlich was einbringen. Es ist wirklich wichtig, daß wir sie finden und mit ihr reden. Wichtig für 'ne Menge Leute. Sie hat sich ziemlich unloyal verhalten, und so was wird nicht gern gesehen in ihrem Geschäft. Das verstehst du doch, oder?«

»Ich weiß genau, was ihr vorhabt. Ihr wollt sie aus dem Weg haben, um selbst abräumen zu können.«

»Blödsinn. Wir wollen deiner Kleinen überhaupt nichts tun. Wir wollen bloß mit ihr reden, verstehst du, ihr ins Gewissen reden, sie zur Vernunft bringen. Das ist alles. Wenn du uns zu ihr führst, versprech ich dir 'ne Belohnung von 5000. Was hältst du davon?«

Ich schüttelte nur den Kopf.

Er seufzte und wandte sich an seinen Kollegen, der die ganze Zeit stumm zugehört hatte. »So kommen wir nicht weiter. Unser Freund hier ist so stumm wie 'ne Auster.«

Das Stöhnen aus dem Nachbarzimmer wurde lauter. Es klang wie das Brunftgeheul eines Elchs.

Der Kleine nickte mit dem Kopf in meine Richtung. »Ob er auch so laut stöhnen kann, wie der da drüben?«

»Finden wir's raus«, sagte der Große. Es war das erste Mal, daß ich ihn etwas sagen hörte.

Er kam auf mich zu. Das rote Licht ließ sein kantiges Gesicht aufflammen. Ich machte zwei Schritte zurück und stieß gegen das Bett. Der Große griff sich meinen rechten Arm und zog mich zu sich hin. In seinem Gesicht war keine Bewegung zu erkennen. Er trat hinter mich und packte auch noch meinen linken Arm. Seine Hände schlossen sich um meinen Bizeps wie Stahlklammern. Er richtete mich so aus, daß mich der Kleine von Angesicht zu Angesicht hatte.

Das Mondgesicht des Kleinen verzog sich zu einem spöttischen Grinsen. Er nahm die Arme hoch und schleuderte eine Faust nach meinem Gesicht. Sie stoppte kurz vor meiner Nase. Er ließ die zweite Faust folgen und stoppte sie kurz vor meinem Kinn. Dann ließ er die Arme baumeln und grinste mich wieder an.

Es folgte eine Kombination von Aufwärtshaken und Geraden, die alle kurz vor meinem Gesicht oder meinem Magen stoppten. Das Schattenboxen endete mit einer aufwärts geschlagenen Geraden, die mein Kinn touchierte.

»Wie sieht's aus?« fragte der Kleine. »Möchtest du lieber die 5000 oder ein paar gebrochene Rippen?«

»Von Ihnen will ich überhaupt nichts«, sagte ich.

Ein rechter Haken krachte gegen mein Kinn. Ich konnte meine Zähne knirschen hören. Dann flog mein Kopf nach hinten, getroffen von einer linken Geraden, die mitten in meinem Gesicht landete. Blut schoß aus meiner Nase und lief über meinen Mund.

Der Kleine nickte zufrieden und verpaßte mir zwei Schläge rechts und links in die Rippen. Mir blieb die Luft weg, ich sackte zusammen. Der Große richtete mich wieder auf, damit der Kleine einen Volltreffer in meine Magengrube landen konnte. Schockartig stieg Übelkeit in mir auf. Ich schmeckte das Erbrochene in meinem Mund. Um Luft zu kriegen, mußte ich es rauslassen. Es klatschte in einem großen Schwall vor die Füße des Kleinen.

Mein Körper wurde von den Fußzehen bis zu den Haarspitzen durchgeschüttelt von weiteren Salven, die sich krampfartig aus mir entluden. Nur der stählerne Griff des Großen verhinderte, daß ich zusammenbrach. Als es endlich vorbei war, schmerzte mein Rachen, als hätte ich mich in der Fankurve eines Fußballstadions heiser gebrüllt.

Der Kleine verzog angewidert das Gesicht. »Jetzt schau dir mal an, was du hier für 'ne Sauerei gemacht hast. Wie sollen wir das Gundlach erklären? Hier wird doch sonst höchstens mit Schampus oder Sperma gekleckert.«

Ich holte tief Luft. Der Geruch meiner Kotze zog mir den Magen zusammen. Ich würgte etwas Galle hoch und spuckte sie aus.

»Fertig?« Der Kleine musterte mich. »Dann würden wir jetzt gerne hören, was du sonst noch so von dir zu geben hast.«

»Fickt euch!« stieß ich hervor.

Er schüttelte den Kopf. Dann schlug er mir einen kurzen rechten Haken in die Rippen. Genau an dieselbe Stelle, die er vorher schon getroffen hatte. Ein scharfer, stechender Schmerz. Es folgte eine Linke in die andere Seite. Dann eine Gerade auf meine Nase, eine weitere auf meinen Mund. Ich spürte mein Lippen aufplatzen. Wie überreife Pflaumen. Blut floß über mein Kinn.

Der nächste Schlag traf mich an der Schläfe. Mein Schädel dröhnte. Der Große hielt mich unbarmherzig aufrecht, stellte mich seinem Partner so, daß seine Schläge ihre Wirkung voll entfalten konnten. Sie prasselten auf mein Gesicht nieder wie Steinschlag. Bald war es taub. Das Einschlagen der Treffer wurde nur noch irgendwo in meinem Hinterkopf registriert, und auch dort ließ die Heftigkeit des Schmerzes nach. Der Raum drehte sich, vor meinen Augen lag ein roter Schleier. Ich näherte mich der erlösenden Ohnmacht.

18

Daß sich ein anderes, neues, ein zusätzliches Gesicht in mein Blickfeld geschoben hatte, merkte ich erst, als sich die dazugehörige Stimme hob.

»Sind Sie wahnsinnig?! Was denken Sie sich dabei, in meinem Laden Leute zusammenzuschlagen? Wollen Sie mir die Polizei auf den Hals hetzen? Machen Sie, daß Sie hier raus kommen, bevor ich selbst die Polizei rufe!«

Die Stahlklammern um meine Arme lösten sich. Ich fiel vornüber, landete auf Händen und Knien. Unter meinen Händen spürte ich etwas Feuchtes. Der Geruch sagte mir, daß es meine eigene Kotze sein mußte. Sehen konnte ich sie nicht. Vor meinen Augen lag noch immer dieser rote Schleier, durch den ich nur undeutliche Konturen wahrnahm.

Hinter mir hörte ich die Stimme des Kleinen. »Der Typ weiß, wo sie steckt. Bestimmt. Wir haben ihn wieder vor dem Laden rumlungern gesehen.«

»Machen Sie, daß Sie raus kommen!«

Ich hörte ihre Schritte den Kachelgang hinunter leiser werden.

Zwei Arme griffen unter meine Achseln, zogen mich zu dem niedrigen Bett und ließen mich darauf nieder. Ich schaute in Blackys Gesicht.

»Ich lasse Ihnen etwas Wasser und ein Handtuch bringen«, sagte er.

Er verschwand. Ich versuchte mich auf meinen Armen hochzustemmen. Sie knickten ein wie dürres Holz. Ich versuchte es noch einmal mit ebenso wenig Erfolg. Ich schüttelte meinen Kopf, rieb meine Augen, versuchte wieder zu mir zu kommen. Mein Blick klarte etwas auf. Ich schaute zur Tür, die offen stand.

Mit einiger Anstrengung winkelte ich meine Beine an, zog sie unter meinen Körper. Aus dieser knienden Haltung schaffte ich es, mich aufzurichten. Meine Beine fühlten sich an wie zwei Puddingsäulen. Das rote Licht stach in meinen wunden Schädel.

Vorsichtig hob ich das rechte Bein, machte den ersten Schritt. Ich schrie auf. Der geschwollene Knöchel. Das pochende Dröhnen in meinem Kopf schien bis dorthin auszustrahlen und die Schmerzen zu verdoppeln. Aber ich hielt mich aufrecht und schaffte einen weiteren Schritt.

Als ich die Tür erreicht hatte, stand Blacky vor mir. In den Händen eine Waschschüssel, über dem einen Arm ein weißes Handtuch.

»Mein Gott, Sie wollen doch wohl in diesem Zustand nicht gehen! Setzen Sie sich hin. Ich muß mit Ihnen reden. Aber zuerst waschen Sie sich mal das Gesicht.«

Er dirigierte mich wieder zum Bett und drückte mich darauf. Die Waschschüssel stellte er vor mir auf den Boden. Ich schaute ihn an.

»Na los«, sagte er. »Machen Sie schon. Sie sehen furchtbar aus.«

Ich schaute in die Schüssel. Es schien tatsächlich bloß Wasser drin zu sein. Warmes Wasser. Der Dampf streichelte mein geschwollenes Gesicht. Ich schöpfte es mit den Händen heraus und rieb es über mein Gesicht. Mit roten Schlieren durchzogen lief es in die Schüssel zurück.

Bald war der ganze Inhalt der Schüssel tiefrot. Mein Gesicht fühlte sich etwas entspannter an und ich konnte wieder klar sehen. Blacky stand vor mir, schwarzer Anzug, rotes Hemd, Pferdeschwanz, und hielt mir das Handtuch hin. Ich rieb mir das Gesicht ab und gab es ihm zurück. Das Weiß zeigte helle rote Flecken.

»Fühlen Sie sich schon besser?«

Ich nickte.

»Dann lassen Sie uns in mein Büro gehen. Hier drin riecht es etwas streng.«

Auf wackligen Beinen folgte ich ihm hinaus, vorbei an den Frauen in ihrer Unterwäsche, die vor den Türen ihrer Zimmer saßen und uns kalt und mitleidlos musterten. Blacky ging auf die Tür zu seinem Büro zu und holte einen Schlüsselbund aus der Hosentasche.

Ich warf mich nach links, wollte losrennen, knickte mit dem rechten Bein weg und fiel über eine kleine Asiatin, die mir am nächsten saß. Die Frau schrie auf. Ich strampelte, versuchte wieder hochzukommen, kämpfte mit ihr, um freizukommen. Im nächsten Moment fühlte ich Blackys Hand an meinem Unterarm. Ich versuchte sie abzuschütteln, aber ich war noch zu schwach. Er zog mich auf die Füße.

»Was haben Sie denn vor, Mensch? Es will Ihnen doch niemand was tun! Ich will bloß mit Ihnen reden.«

Das Pochen in meinem Schädel schwoll wieder an. Die Frauen waren alle in ihre Zimmer geflüchtet und hatten die schweren Stahltüren hinter sich verriegelt. Der schwach beleuchtete Kachelgang lag leer vor mir. Hinter der nächsten Ecke ging es nach draußen. Blackys Hand umfaßte noch immer meinen Unterarm.

»Hören Sie«, sagte er, während er mich in sein Büro zog. »Es tut mir leid, was da passiert ist. Die Mädchen haben mich sofort alarmiert, ich war aber grade nicht im Büro, sonst wäre ich sofort dazwischen gegangen. Diese beiden sind eindeutig zu weit gegangen.«

Er holte mir den Stuhl hinter dem Schreibtisch hervor und drückte mich darauf. Er selbst lehnte sich mir gegenüber an den Schreibtisch und steckte sich eine Zigarette an.

»Auch eine?«

Ich zog mir eine aus seinem Päckchen und ließ mir von ihm Feuer geben. Das Nikotin brachte das Pochen in meinem Schädel fast zum Verstummen.

»Wenn Sie die beiden Schläger anzeigen wollen,« Blacky machte eine joviale Geste, »dann bin ich Ihr Zeuge.«

Was erwartete er? Dankbare Rührung? Mein Blick blieb starr, während ich sein Schauspiel auf mich einwirken ließ.

»Stimmt das, was Herr Walram gesagt hat?« fragte er.

»Walram? Wer soll das sein?«

Die Worte machten mir Mühe. Alle meine Zähne schienen zu wackeln und der Unterkiefer fühlte sich an, als sei er ausgerenkt.

»Na, der Sicherheitsbeamte, der Sie so zugerichtet hat!«

»Was hat er denn gesagt?«

»Daß Sie etwas über den Aufenthaltsort von Melinda wüßten.«

Ich gab keine Antwort.

»Immerhin waren Sie gestern hier, um mir auszurichten, ich solle sie in Ruhe lassen. Ich darf also davon ausgehen, daß Sie mit ihr bekannt sind?«

Ich ließ ihn reden.

»Hören Sie. Wenn Sie mir helfen könnten, sie zu finden, wäre ich Ihnen sehr dankbar. Ich würde mich sogar erkenntlich zeigen.«

»Sie verschwenden Ihre Zeit«, sagte ich. »Besser, Sie schlagen gleich zu. Wie's Ihre Gorillas gemacht haben. Wie Sie's bei Martina gemacht haben.«

»Martina? Sie sind also ein ..., gewissermaßen ein Vertrauter von ihr? Dann brauche ich Ihnen ja gar nichts weiter zu erzählen zu ihrem Gewerbe – unserem Gewerbe. Sie mögen es vielleicht für anrüchig halten, aber letzten Endes sind wir auch bloß Dienstleister. Verkäufer. Mit dem Unterschied, daß man uns behördlicherseits gerne in die Illegalität abdrängen möchte. Das wirft natürlich Probleme auf, macht den Beruf etwas schwieriger. Und deshalb kann es eben zu Meinungsverschiedenheiten kommen, wie zwischen Melinda und mir. Aber das ist nichts, was sich nicht wieder einrenken ließe.«

Er war ekelhaft. Genau wie Martina ihn beschrieben hatte. Ein schmieriger Lude, nichts weiter.

»Daß ich etwas grob zu ihr war, tut mir leid. Aber auch das werde ich wieder gut machen. Ich war immer großzügig zu ihr. Fragen Sie sie und sie wird es Ihnen bestätigen.«

Ich erhob mich. »Sie können Ihre Gorillas zurückpfeifen, damit sie ihre Arbeit fortsetzen. Oder Sie legen selbst Hand an. Aber mit Ihrem Gesülze erreichen Sie bei mir überhaupt nichts. Sollte das alles sein, was Sie zu bieten haben, werde ich jetzt gehen.«

Er stieß sich vom Schreibtisch ab, hob beschwörend die Hände. »Nicht doch, warten Sie. Ich gebe Ihnen tausend Mark, wenn Sie mich zu Melinda führen.«

Ich lachte. »Ihre Sicherheitsheinis haben mir das Fünffache geboten! Lassen Sie so Ihre Leute mit Ihrem Geld umgehen?«

Er schaute beleidigt. »Ich weiß wirklich nicht, wie Sie darauf kommen, die würden für mich arbeiten. Sie haben doch gesehen, daß ich sie rausgeschmissen habe.«

»Für wen sollen sie denn sonst arbeiten?«

»Offensichtlich sind Sie nicht im Bilde über diese ganze ... Verwicklung.«

»Wahrscheinlich besser, als Sie glauben.«

»So? Na, ich bezweifle es.«

»Sie, Heilmann und Klug sind hinter Martina her. Alle drei wollt ihr sie aus dem Weg haben, weil sie eure Geschäfte stört. Eure kleinen illegalen Nebengeschäfte, für die ihr keine Zeugen haben wollt. Sie nicht für ihre Erpressung, Heilmann nicht für seine Gefälligkeiten, mit denen er sich die nötige Zustimmung für seine Projekte erkauft, und Klug nicht für seine Bestechlichkeit.«

»Was Heilmann und Klug betrifft, mögen Sie recht haben. Aber meine Rolle in dieser Geschichte sehen Sie etwas falsch.«

Ich lachte ihm ins Gesicht. »Na, aber sicher doch. Sie sind bloß der gute Onkel, der für alle das Beste will. Und die Frauen, die für Sie arbeiten, schlagen Sie nur, wenn es unbedingt nötig ist.«

Er musterte mich. »Sie formulieren es sehr zynisch. Dabei haben Sie mehr recht, als Sie ahnen. Ich habe keine Ahnung, was Melinda Ihnen erzählt hat, aber ich gehe mal davon aus, daß Sie sie genauso belogen hat, wie mich. Das ist so ihre Art. Wenn es darum geht, ihren persönlichen Vorteil zu wahren, hat sie einen untrüglichen Instinkt.«

»Sie sollten besser nicht von ihr reden. Sie kennen sie überhaupt nicht!«

»Nun ja, wie dem auch sei. Da Sie zumindest über die beteiligten Personen Bescheid zu wissen scheinen, kann ich Sie wohl in die genaueren Zusammenhänge einweihen. Herr Walram und sein Partner arbeiten für Norbert Klug. Sie gehören zu seinem Sicherheitspersonal. Sie sind hier bei mir vor knapp einer Woche, am Sonntagabend, zum ersten Mal aufgetaucht. Mit einer sehr unangenehmen Nachricht. Können Sie sich vorstellen, wie die lautete?«

»Sie haben rausgefunden, daß Sie bei Ihrer Geburt aus dem Darmtrakt Ihrer Mutter geschlüpft kamen.«

In seinem Gesicht zuckte es kurz. Dann grinste er. »Sie glauben mir nicht?«

»Nicht ein Wort. Aber machen Sie ruhig weiter.«

»Nun, Walram mußte mir leider mitteilen, daß sein Chef von Melinda erpreßt wird. Und daß die Gute leider den Hals nicht voll genug bekommen kann. Stellen Sie sich vor, sie wollte eine halbe Million. Dafür, daß sie nicht ausplaudert, was eines ihrer Mädchen ihr gesteckt hat.«

»Sie meinen eins *Ihrer* Mädchen!«

»Meiner, ihrer, was spielt das für eine Rolle? Wir sind Partner.«

»Martina sieht das etwas anders.«

»Die verwöhnte Göre! Was will sie denn? Hab ich ihr nicht eine Karriere ermöglicht? Nur durch meine Hilfe hat sie's doch aus der Horizontalen in die Vertikale geschafft. Seit zwei Jahren hat sie für keinen mehr die Beine breit machen müssen!«

»Was? Aber sie ist doch ...«

»Was ist sie, hä? Was hat sie dir erzählt? Daß sie hier auf dem Rücken arbeitet? Vergiß es!«

»Im Begleitservice. Daß sie im Begleitservice auch selbst mit den Kunden ...«

»Vergiß es. Am Anfang, ja, das erste Jahr lang. Dann hat sie beschlossen, mit den Kunden nur noch die Verhandlungen zu führen und die Gesellschaften zu organisieren. Und ich hab zugestimmt.«

»Na und. Was sagt das schon. Sie mußte trotzdem weiter mit Ihnen zusammenarbeiten und die Einnahmen teilen.«

»Ja, natürlich! Was denkst du denn? Ich hole sie hierher, geb ihr 'nen Job, verhelf ihr zu 'ner Karriere, und sobald der Laden läuft, überschreib ich ihr das Geschäft, oder was? Siehst du, das ist das Problem mit dieser Frau. Sie kriegt den Hals einfach nicht voll. Sie macht bei mir exzellente Gewinne und dann will sie von Klug noch eine halbe Million. Weil der so blöde war, vor den Mädchen über sein Geschäft mit Heilmann zu faseln. Irgend so ein Sanierungsprojekt, wo ein paar runtergekommene Klitschen gegen Neubauten ausgetauscht werden sollen. Heilmann will sie bauen, aber alle Welt ist dagegen. Vollkommen bescheuert! Die Leute wollen lieber alte Häuser anstelle von neuen. Das soll jemand begreifen! Also muß Heilmann ein paar Scheinchen locker machen, damit Klug seine Kollegen im Landtag auf Kurs bringt. Eine einzige Farce, wenn man es genau bedenkt. Nicht mal einen zweiten Gedanken wert. Aber eins der Mädchen schnappt das von Klug auf und erzählt es an Melinda weiter.«

»Sie hat mir gesagt, daß sie selbst bei dieser Gesellschaft von Heilmann und Klug dabei war. Und dann hat sie Ihnen davon erzählt. Folglich sind Sie derjenige, der Klug um die halbe Million angepumpt hat.«

»So ein Blödsinn! Sie war bei der Gesellschaft gar nicht anwesend. Das Mädchen hat's ihr erzählt. Wir können sie jetzt sofort reinrufen. Sie wird's dir bestätigen.«

»Natürlich würde sie das. Sonst sähe ihr Gesicht wahrscheinlich bald so aus wie das von Martina.«

»Du willst es einfach nicht glauben, was? Weißt du, was Melinda dem Mädchen geraten hat? Sie solle lieber nichts davon weitererzählen! Du kannst mir glauben, in dem Moment ist bei ihr im Kopf die Registrierkasse angesprungen. Die Frau wittert ein Geschäft auf zwanzig Meilen.«

»Sie halten jetzt besser Ihr dreckiges Maul!«

»Wieso denn? Willst du nicht die ganze Geschichte hören? Also, Melinda zieht los zu Klug und fordert ihr halbes Milliönchen. Und der arme Tropf kratzt tatsächlich so schnell er nur kann 300 000 zusammen. Melinda gibt sich fürs Erste damit zufrieden, will aber natürlich auch noch die restlichen 200 000. Nur kann Klug das Geld einfach nicht locker machen. Die Bestechungsgelder sind wahrscheinlich längst auf irgendwelche schwarzen Konten eingezahlt, übergegangen in Parteibesitz, oder was weiß ich, auf jeden Fall nicht mehr verfügbar.«

»Muß Sie wahnsinnig gefuchst haben, was?«

»Melinda hat es gefuchst. Sie setzte Klug unter Druck. Das arme Schwein fing an zu schwitzen und schickte seine Sicherheitsbeamten los, damit die der Sache ohne großes Aufsehen ein Ende bereiten. Natürlich sind das keine Killer, sie können sie nicht einfach um die Ecke bringen. Also kommen sie zu mir und bitten mich darum, sie zur Vernunft zu bringen. Du kannst mir glauben, ich bin aus allen Wolken gefallen, als ich deren Geschichte gehört hab. Natürlich hab ich mir Melinda sofort vorgeknöpft.«

»Oh ja, Sie hatten ein paar schlagende Argumente.«

»Was hätte ich denn machen sollen? Sie war vollkommen stur. Sagte, das ginge mich nichts an. Das sei ihre Privatangelegenheit. Dummerweise ist sie mir entwischt, bevor ich sie zur Vernunft bringen konnte.«

»Ja! Sonst wäre sie jetzt wahrscheinlich nicht mehr am Leben.«

»Was für ein Unfug! Es geht hier bloß ums Geschäft. Wenn wir den Kunden im Begleitservice keine Diskretion zusichern können, kommen sie nicht mehr zu uns. Der alte Heilmann hat mir die Hölle heiß gemacht wegen dieser Scheiße!«

»Und ich werde Ihnen die Hölle heiß machen, wenn Sie Ihre schmutzigen Finger nicht von Martina lassen!«

Er schnaufte. »Verstehst du denn nicht, worum es hier geht? Meine Existenz steht auf dem Spiel. Niemand weiß, was Melinda vorhat. Walram hat mir erzählt, sie hat ihre Beute aus der Bank geholt. Wenn sie damit flieht, bin ich ruiniert.«

Ich stand auf. »Genau das wünsche ich Ihnen. Ihren Ruin. Ihnen und Klug und auch Heilmann. Wer von euch wem sein Geld abnimmt, interessiert mich überhaupt nicht. Ihr sollt bloß verrecken.«

»Du bist ja total wahnsinnig. Du glaubst doch wohl nicht, daß Melinda dir was von dem Schotter abgibt! Was die hat, das hält sie fest.«

Ich machte einen Schritt auf ihn zu, presste mühsam ein paar Worte raus. »Du hältst jetzt besser die Fresse.«

Blackys Augen weiteten sich. »Du bist wirklich wahnsinnig. Mann, komm zu dir. Diese Frau wird dich benutzen, wie sie jeden benutzt.

Egal, was sie dir versprochen hat, vergiß es. Sie wird nie etwas anderes sein als eine eiskalte, verlogene Hure.«

Ich stürzte mich auf ihn. Meine Hände packten seinen Hals. Er schlug mir seine Fäuste in die Seiten. Ich hörte eine Rippe knacken, dann spürte ich einen brennenden Schmerz. Der gequälte Schrei, der aus meinem Mund drang, stach in meine Ohren. Blackys Fäuste krachten links und rechts gegen meinen Schädel, ließen ihn dröhnen wie eine Kirchenglocke. Meine Hände lagen noch immer um seinen Hals.

Ich riß ihn vom Schreibtisch weg und wir fielen um. Ich ließ nicht los. Wir wälzten uns über den Boden und stießen gegen die aufgestapelten Kartons an der Wand. Er lag unter mir. Weiter seinen Hals umklammernd, zog ich die Beine an und setzte mich auf ihn.

»Du läßt sie in Ruhe, hörst du, du Dreckschwein!«

»Du spinnst«, röchelte er.

Ich verstärkte meinen Griff, riß seinen Schädel hoch und knallte ihn auf den Boden. Ich wollte mit seinem Gesicht machen, was er mit Martinas Gesicht gemacht hatte.

»Wenn du sie nicht ab sofort in Ruhe läßt«, brüllte ich, »dann komm ich zurück und bring dich um!«

Ich saß auf ihm, seinen Hals zwischen meinen Händen und schüttelte ihn. »Hörst du, du Dreckschwein? Ich bring dich um!«

Die Worte kamen aus meinem Mund, aber ich verstand sie kaum. Es war, als würden sie von jemandem kommen, der durch einen schweren Samtvorhang von mir getrennt war. Ich selbst befand mich auf dem Grund eines schwarzen Lochs, aus dem ich nur mühsam wieder auftauchte.

Als ich wieder bei vollem Bewußtsein war, blickte ich in ein starres Gesicht mit weit aufgerissenem Mund und hervorquellenden Augen, das sich am Ende meiner Arme befand. Es war Blackys Gesicht, aber es sah jetzt ganz anders aus. Entsetzt ließ ich los.

Der Kopf des Mannes, auf dessen Körper ich saß, fiel leblos herab und landete mit einem dumpfen Aufprall auf dem Boden. Es klang, als schlüge ein Stein nach langem Fall endlich auf dem Boden eines ausgetrockneten Brunnens auf.

19

Es regnete jetzt in Strömen. Tonnen von Wasser fielen vom Himmel auf mich herab, als ich zu meinem Taxi rannte. Ich sprang hinein, ließ den Motor an und jagte mit Vollgas vom Parkplatz des Crazy Sexy. Schlingernd und rutschend bog ich in die Mainzer Straße ein.

Die Scheibenwischer wurden kaum mit den Wassermassen fertig, die auf die Windschutzscheibe einprasselten. Als ich aufsah, erkannte ich im Rückspiegel den schwarzen BMW, der aus dem Hof des Crazy Sexy auf die Mainzer Straße einbog. Sie hielten Abstand. Aber das nutzte ihnen jetzt nichts mehr. Ich hatte sie gesehen.

Ich trat das Gaspedal durch bis zum Bodenblech. Der Wagen bockte, schlingerte, dann fanden die Reifen wieder Halt, pflügten eine Schneise durch die Wassermassen.

Ein Blick in den Rückspiegel sagte mir, daß Klugs Sicherheitsbeamte den Gedanken an eine unauffällige Verfolgung verworfen hatten. Wer auch immer von beiden am Steuer sitzen mochte, er stand jetzt mit ebensolcher Vehemenz auf dem Gas wie ich. Ihr BMW kam schnell heran. Das Wasser spritzte rechts und links in hohem Bogen auf. Die Scheinwerfer funkelten wie die Augen eines Ungeheuers.

Mit Vollgas legte ich mich in die abschüssige Kurve, hinter der die Mainzer Straße in Richtung Biebrich abzweigen und ich auf dem Zubringer zur A 671 landen würde. Ich wußte, daß ich keine Chance hatte, die beiden abzuhängen. Ihr BMW war meinem, in hunderten von Schichten von unzähligen Fahrern gequälten Mercedes mindestens ebenbürtig.

Ich wußte aber auch, daß ich sie unbedingt abhängen mußte. Ich mußte so schnell wie möglich nach Hause. Zu Martina. Und das konnte ich nicht, so lange ich die beiden im Schlepptau hatte.

Ich entschied mich für die Autobahn. Kein Auto außer meinem beigen Taxi und dem schwarzen BMW dicht hinter mir war zu sehen. Ich raste in ein Vakuum aus Schwärze und Regen. Selbst die Fahrbahnmarkierungen waren kaum noch auszumachen. Die Scheinwerfer des BMWs stachen in meinen Hinterkopf. Sie ließen mich wissen, daß sie immer noch da waren und daß sie näher kamen.

Aus dem nassen Dunkel schälte sich das Hinweisschild zur ersten Abfahrt nach Mainz-Kastel. Ich ließ meinen bleiernen Fuß auf dem Gas. Ich sah die erste Bake. Noch 300 Meter. Ein Blick in den Rückspiegel. Sie waren direkt hinter mir. Die zweite Bake. Noch 200 Meter. Die dritte. 100 Meter.

Ich hielt die Luft an, zählte bis drei, dann riß ich den Fuß vom Gas, rammte ihn auf die Bremse und riß das Lenkrad herum. Alles was ich sah, war schwarz. Der Wagen fuhr nicht mehr, er glitt. Mein Körper versteifte sich. Ich wartete auf einen Aufprall. Es kam keiner. Links von mir sah ich die weiße Linie der Straßenmarkierung, darüber den grauen Streifen der Leitplanke. Ich glitt an ihr entlang, ohne sie zu berühren.

Der Aufprall. Ich hörte ihn. Hinter mir. Als würde ein Flugzeug vom Himmel fallen.

Ich stand. Alle Bewegung hatte aufgehört. Das Blut raste durch meinen Körper, aber das Auto, in dem mein Körper saß, stand. Vor mir die undurchdringliche Mauer des fallenden Regens. Sonst nichts. Nur Regen. Mein Hirn signalisierte mir, den Druck auf meinem rechten Bein zu lösen, das krampfartig das Bremspedal gegen das Bodenblech preßte. Ich schüttelte mich. Dann sah ich in den Rückspiegel.

Der schwarze BMW steckte mit der Schnauze in der Leitplanke. Genau da, wo sie im rechten Winkel in die Ausfahrt hinein abknickte. Er hatte sie zusammengeschoben, ineinandergefaltet wie eine Bahn Toilettenpapier. Aber die Leitplanke hatte dem Wagen doch Widerstand geboten. Er war auf die Hälfte seiner normalen Länge zusammengedrückt.

Sie hatten tatsächlich versucht, meinem abrupten Manöver zu folgen. Damit hatte ich nicht gerechnet. Ich hatte sie für vernünftiger gehalten. Es mußte ihnen einiges wert gewesen sein, mich nicht zu verlieren. Ihrem Chef mußte es einiges wert sein. Eine halbe Million. Wenn man Blacky Glauben schenken wollte. Blacky...

Die Rücklichter des BMW bluteten fahl in die Nacht. Die Frontscheinwerfer waren nicht mehr existent, genauso wie die komplette Motorhaube. Es gab nur noch eine verkürzte Fahrerkabine, in der keinerlei Bewegung auszumachen war.

Ich wartete einen Moment, behielt das Autowrack im Rückspiegel im Blick. Nichts rührte sich dort. Die Nacht, die noch vor Sekunden von einer Explosion widergehallt hatte, lag stumm. Nur der Regen prasselte beständig auf die Erde, den Asphalt, das Dach meines Wagens und das, was von dem schwarzen BMW übrig war.

Ich legte den Rückwärtsgang ein. Langsam näherte ich mich dem zerstörten Fahrzeug, bis ich direkt neben ihm zum Stehen kam. Sämtliche Fensterscheiben waren verschwunden, pulverisiert. Aus dem Fenster auf der Beifahrerseite ragte etwas, das wie der spärlich behaarte Schädel des großen, schweigsamen Sicherheitsbeamten aussah. Nur irgendwie schmaler, länglicher, unförmiger. Dazu das viele Blut.

Unterhalb dieses Gebildes, das wie eine zerdrückte Banane aussah, erkannte ich etwas Schwarzes. Eingedrückt, zusammengeknautscht zwischen der Sitzlehne und dem Motorblock, den die Leitplanke ins Wageninnere gedrückt hatte. Eine Lederjacke.

Auf der Fahrerseite konnte ich nichts erkennen. Das ganze Wageninnere war durch den Aufprall derart komprimiert worden, daß man nur noch schwer sagen konnte, was Auto und was Mensch war.

Ich schaltete die Automatik wieder auf D und gab Gas. Irgendwann mußten weitere Autos auftauchen. Und das Wrack des BMWs war nicht zu übersehen. Ich wollte nicht, daß jemand von einem Taxi zu berichten wüßte, das an dem Wrack gehalten hatte.

Ich mußte jetzt nach Hause. Zu Martina. Mußte mit ihr reden. Es interessierte mich nicht, was sie getan oder nicht getan hatte. Auf jeden Fall war jetzt alles vorbei. Sie hatte nichts mehr zu befürchten. Ihr altes Leben war explodiert, zusammen mit meinem. Nichts mehr übrig, zu dem man hätte zurückkehren können.

Etwas Neues würde beginnen müssen.

20

Humpelnd betrat ich die Wohnung, schaltete das Licht im Flur ein.

»Martina!«

Keine Antwort. Die Küche war dunkel. Ich schleppte mich ins Wohnzimmer. Auch hier war das Licht aus. Ich schaltete es ein. Alles war ordentlich und aufgeräumt. Keine Spur von Martina. Auch nicht im Schlafzimmer. Eine Spur aus Eis zog sich meine Wirbelsäule hinab und setzte sich oberhalb des Beckens fest.

Ich ging zurück zur Küche, machte dort Licht. Alles war fein säuberlich aufgeräumt und an seinem Platz. Außer auf dem Tisch. Dort lag ein Buch.

Ich ging hin. Auf dem Buch lag ein Zettel. Nur ein Wort stand darauf, in großen Druckbuchstaben: DANKE. Daneben ein kleines Herz.

Ich nahm den Zettel in die Hand. Das Buch darunter war »Voss«. Irgend etwas steckte zwischen den Seiten, eine Art Lesezeichen. Ich schlug an der entsprechenden Stelle auf. Meine Hand berührte einen Tausendmarkschein. Als er verrutschte, sah ich, daß es mehrere waren. Ich griff danach und zählte sie. Zehntausend Mark.

Ein paar Tausender. Australien. Ich erinnerte mich an ihre Frage. ›Und du? Wo würdest du gerne hin?‹

Ich stürzte nach nebenan zum Telefon, wählte hastig die Nummer der Zentrale.

»Taxiruf Wiesbaden, guten Abend.«

»Jürgen!«

»Ja?«

»Hier ist Matthias. Du mußt ganz schnell im Videotext vom Flughafen für mich nachschauen, ob heute abend noch ein Flug nach Barbados geht.«

»Wohin?«

»Bridgetown, Barbados. Auf den Antillen.«

»Moment.«

Ich hielt den Atem an. Es dauerte zwei Minuten, bis ich seine Stimme wieder hörte.

»Matthias?«

»Ja!«

»Da gibt's heute abend nur einen Flug. Und der ist vor fünf Minuten abgehoben.«

Irgend etwas in meinem Magen zog sich zusammen.

»Brauchste die Flugnummer?« fragte Jürgen.

»Nein, danke. Aber kannst du mir vielleicht 'nen Gefallen tun?«

»Was denn?«

»Könntest du am Schalter der Airline anrufen und versuchen rauszufinden, ob eine Martina Röttger auf der Passagierliste steht?«

»Solche Auskünfte geben die normalerweise nicht... Aber ich kann's mal versuchen. Ich ruf dich gleich zurück.«

Ich ging in die Küche, zog vorsichtig Schuhe, Socken, Hemd, T-Shirt und Hose aus und sah an meinem Körper hinab. Auf meinem Bauch waren blaue Flecke. Als ich sie betastete, zuckten schmerzhafte Blitze in meine Innereien. Der rechte Fußknöchel war auf die Größe eines Blumenkohls angeschwollen und schillerte violett.

Ich stellte mich vor den Spiegel und betrachtete mein Gesicht. Die Wangen waren bis unter die Augen aufgequollen, auf der rechten Schläfe wucherte eine pochende Beule. Die Nase stand schief, die Lippen waren ein einziger dicker Wulst. Die Haut zeigte überall blutverkrustete Risse.

Wie aus einer anderen, einer unsagbaren Welt starrte dieses Gesicht aus meinem Spiegel und spuckte die Bilder seiner Welt in meine Küche. Das grausam erstarrte Gesicht Blackys. Die zermatschte Fleischbanane, die aus dem Wrack des BMWs ragte.

Es schüttelte mich.

Ich dachte an Martina, stellte sie mir vor in ihrer Bar auf Barbados. 300 000 sollten reichen, um den Traum wahr werden zu lassen.

Ich sah sie vor mir, in ihrem Glitzerkleid, hinter dem verspiegelten Tresen stehend. Die Herrscherin über ihr ureigenes Reich. Die Gäste wußten nichts von ihrer Vergangenheit. Sie verehrten sie, waren voller Respekt für sie. Niemand würde sie mehr belästigen. Dafür hatte ich gesorgt.

Gegen Mitternacht kam sie hinter dem Tresen hervor, schritt langsam zu der kleinen Bühne, die jetzt im Scheinwerferlicht lag und postierte sich hinter dem dort stehenden Mikrofon. Die Musiker der Hausband nahmen die Plätze hinter ihren Instrumenten ein und begannen zu spielen.

Nach einigen Takten erklang Martinas Stimme: »Nothing can stop us from feeling good tonight under a blue light 'til dawn.«

Ihr Gesang drang bis in die letzten Winkel der Bar, ließ alle Gespräche verstummen und die Gäste die Augen schließen. Nicht alle hatten Platz in den Sitznischen gefunden. Viele mußten stehen, und sie standen in einer langen Schlange bis zum Eingang. Draußen auf der Leuchtbalustrade über dem Eingang stand unter dem Namen der Bar: *presents Martina Röttger.*

Das Telefon riß mich aus meiner schillernden Vision. Einen halben Meter vor meiner Nasenspitze befand sich das Gesicht eines bärtigen Mannes, eingerahmt von den äußeren Begrenzungen meines rechteckigen Spiegels. Es war ein Gesicht, in dem kürzlich Korrekturen vorgenommen worden waren. Es war mein Gesicht. Ich erkannte es.

Beim zwölften Klingeln des Telefons humpelte ich ins Nebenzimmer und hob ab.

»Jürgen?«

»Paß auf, Matthias. Ich hab tatsächlich was erreicht. Hatte glücklicherweise 'nen Mann am Apparat. Dem hab ich mich als Herr Röttger vorgestellt und behauptet, meine Frau wär mir abgehauen. Und säße vermutlich in eben diesem Flieger. Er hat ausnahmsweise für mich nachgesehen. Und ja, der Name Martina Röttger steht auf der Passagierliste. Sie hat auch eingecheckt. Zufrieden?«

»Ja«, murmelte ich.

Ich hatte schon fast aufgelegt, da fiel mir noch etwas ein. »Jürgen?«

»Ja.«

»Sag doch bitte dem Tagfahrer, er soll sich das Auto hier bei mir in der Gneisenaustraße abholen. Und streich mich für morgen aus dem Dienstplan. Oder besser gleich für die ganze nächste Woche.«

»Was ist denn los?«

»Ich bin krank.«

Der kleine Cassettenrecorder im Bücherregal war mit einer Staubschicht überzogen. Ich wischte mit der Hand darüber. Am liebsten hätte ich jetzt etwas von Cassandra Wilson gehört. Hatte ich mir nicht vorgenommen, etwas von ihr zu besorgen? Ich würde es sofort am Montag nachholen.

Für den Moment mußte es Beethoven tun. Ich legte die Cassette ein, drehte den Lautstärkeregler bis zum Anschlag und schaltete auf »Repeat«. Dann ging ich zurück in die Küche und zählte die Bierdosen im Kühlschrank. Sie würden reichen. Ich setzte mich an den Tisch und machte die erste auf.

Kurz vor Mitternacht riß das Band in der Beethovencassette. Es war das Original. Ich machte die letzte Bierdose leer und warf sie zu den anderen in den überquellenden Abfalleimer. Dann fiel mein Kopf auf die Tischplatte. Bevor mich das Dunkel des Schlafs schluckte, nahm ich aus dem Augenwinkel noch das Ziffernblatt meiner Armbanduhr wahr. Die beiden Zeiger trafen sich bei der Zwölf und schienen für immer dort bleiben zu wollen. Manche Nächte enden nie.